RUSSIAN MAFIA
KILLERS

entführt

EINIGE ROMANFIGUREN AUS DEM BUCH „RUSSIAN MAFIA KILLERS: VERBOTENE LIEBE" SPIELEN IN „RUSSIAN MAFIA KILLERS: ENTFÜHRT" MIT.

OHNE VORKENNTNISSE LESBAR!

Anna Sturm

RUSSIAN MAFIA KILLERS
entführt

Genre: Dark Mafia Romance

KLAPPENTEXT:

Salvatore Capulet, Mafiakönig der sizilianischen Mafia in Palermo:

Hätte der Mafioso Salvatore vorher gewusst, dass diese Frau sein Herz mit Liebe vergiftet, dann hätte er sie samt ihrer ganzen Familie eigenhändig hingerichtet. Aber jetzt ist es zu spät! Er verachtet Laura zutiefst, denn ihre magische Aura zieht ihn immer weiter in einen Teufelskreis hinein, aus dem er nicht mehr ausbrechen kann. Er bemüht sich, der Verlobten seines Neffen Emilio aus dem Weg zu gehen; dennoch sucht er unbewusst immer wieder ihre Nähe, obwohl er sich vor dem Licht fürchtet, in das ihn diese sinnlose Liebe zu dieser charismatischen Frau hineinzieht. Er spürt, dass er verweichlicht. Und bei allen Göttern! Das darf nicht passieren. Die Verzweiflung treibt den verheirateten Mann immer weiter an den Rand des Wahnsinns. Er wünschte sich, Laura Montague wäre tot. Größer noch ist aber der Wunsch, diese Frau zu besitzen. Deshalb sucht er sie nach Emilios Abreise nachts in ihrem Zimmer auf, um ihr einen Deal vorzuschlagen, den sie unmöglich ablehnen kann. Er gibt ihr eine 24stündige Bedenkzeit. Als sie in der darauffolgenden Nacht spurlos verschwindet, wütet er wie eine Bestie, um sie wieder aufzuspüren...

Alejandro Escobar, Drogenbaron der kolumbianischen Mafia in Bogotá:

Der Mafioso Escobar hat eine Goldene Regel, an die er sich immer hält: LASS EINEN BRUDER NIEMALS IM STICH! Als sich ihm sein bester Freund Salvatore unter Alkoholeinfluss anvertraut, trifft Alejandro eine folgenschwere Entscheidung, um seinen Blutsbruder von diesen seelischen Qualen zu befreien, die dieses gefährliche Verlangen bei ihm auslöst. Er lässt Laura Montague ohne Salvatores Wissen entführen und nach Tokio bringen, um sie dem Mafiaprinzen Kim Yamamoto der japanischen Mafia als Geschenk zu überreichen. Somit wurden zwei Probleme auf einmal gelöst. Er hatte nämlich einerseits die Japaner besänftigt, ohne seine Cousine ans Messer liefern zu müssen, und andererseits würde Salvatore nicht mehr seinen Verstand verlieren, weil er die Ursache für dessen Liebeskummer durch die Entführung ja jetzt beseitigt hat. Alejandro rechnet aber nicht im Geringsten mit Salvatores unberechenbarer Reaktion. Jetzt muss unbedingt Plan B auf den Tisch! Bei Gott, wenn er den nur schon hätte...

Die schöne Italienerin Laura Montague:

Die italienische Schönheit fürchtet sich vor Emilios Onkel. Dennoch glaubt sie, in dessen Augen etwas entdeckt zu haben, das ihr eigentlich keine Angst machen sollte. Aus einem reinen Bauchgefühl heraus vermutet sie aber, dass er derjenige war, der etwas mit ihrem Gedächtnisverlust zu tun hatte. Systematisch geht sie Salvatore aus dem Weg; bis zu jenem Tag, als Emilio geschäftlich nach London fliegen muss und seinen Onkel bittet, in der Zwischenzeit für Lauras Sicherheit zu sorgen. Die junge Frau kommt dem gefürchteten Mafioso näher, als es ihr lieb ist...

Emilio Capulet, Mafiaboss des Capulet Clans in London:

Der Sizilianer Emilio schwebt auf Wolke 7. Er liebt seine Laura abgöttisch und ist überglücklich, dass sie sich an ihre Vergangenheit nicht mehr erinnern kann. Auch glücklich darüber, dass sie sein grausames Geheimnis nicht kennt. Als Emilio mit seiner Rechten Hand, dem Russen Dimitri Nikolajew, nach London aufbricht, um seine Gebiete zurückzuerobern, übergibt er seinen größten Schatz in die Obhut seines Onkels; denn es würde ihm das Herz brechen, wenn die russische Mafia des Clans Sorokin seine Verlobte kidnappen würde, nur weil der Russe Stephan-Nikolai Sorokin noch eine Rechnung mit ihm offen hat. Eine Rechnung, die er nicht gewillt ist zu begleichen. Niemals!

OHNE VORKENNTNISSE LESBAR!

Info: Es handelt sich hierbei um den ersten Folgeband aus der Serie RUSSIAN MAFIA KILLERS: ENTFÜHRT!

Genre: Dark Mafia Romance
INHALT: Fließender Perspektivwechsel . explizite, bildhaft beschriebene Szenen . derbe Sprache . Schauplatz: Bogotá/ Kolumbien; London/England; Sizilien/Italien; Tokio/Japan . Aus allen Sichten der Protagonisten erzählt!

Leseempfehlung danach oder davor:
* Russian Mafia KILLERS: Verbotene Liebe"

**** BESETZUNG ****

Folgende Romanfiguren aus der
Serie RUSSIAN MAFIA KILLERS
spielen in
„RUSSIAN MAFIA KILLERS Verbotene Liebe" mit
[siehe die Namen in blauer Schrift] sowie in
„Russian Mafia KILLERS: entführt" [siehe grüne
Schrift]:

Genre: Dark Mafia Romance

1. **Maximilian Medwedew** *[der Russe Maximilian ist die Rechte Hand des Mafiabosses Konstantin Andrejew des RUSSISCHEN SYNDIKATS KILLERS - Hauptrolle in RUSSIAN MAFIA KILLERS: Maximilian – Der Russe]*
2. **Jack Miller** [Jack ist ein Engländer; er ist der Blutsbruder von Maximilian Medwedew; Hauptrolle in RUSSIAN MAFIA KILLERS: Maximilian – Der Russe 1 + 2]
3. **Scarlett Anastasija Andrejew** [die Russin Scarlett ist die Tochter des mächtigen Clanführers Konstantin Andrejew, der das russische Syndikat KILLERS mit harter Hand führt; Hauptrolle in RUSSIAN MAFIA KILLERS: Maximilian – Der Russe 1 + 2 sowie RUSSIAN MAFIA KILLERS: Stephan – Fürst der Finsternis]
4. **Mister Konstantin Andrejew** [Scarletts Vater; Clanführer der russischen Mafia KILLERS; Nebenrolle in RUSSIAN MAFIA KILLERS]

5. **Mafiaboss Stephan-Nikolai Sorokin** [Clanführer des russischen Syndikats Sorokin; Erzfeind der KILLERS sowie auch der italienischen Mafia; sein Rufname: Nikolai; sein Spitzname: Niko;

Hauptrolle in RUSSIAN MAFIA KILLERS VERBOTENE LIEBE]

6. **Stephan Sorokin** *[Sohn des russischen Clanführers Stephan-Nikolai Sorokin; Hauptrolle in RUSSIAN MAFIA KILLERS: STEPHAN – Fürst der Finsternis]*

7. **Mercutio Montanari** [Rechte Hand und Blutsbruder sowie bester Freund von Stephan Sorokin; Nebenrolle in RUSSIAN MAFIA KILLERS VERBOTENE LIEBE; Hauptrolle in RUSSIAN MAFIA KILLERS: Stephan – Fürst der Finsternis]

8. **Julia Montanari** [Schwester von Mercutio; Verlobte von Emilio; Hauptrolle in RUSSIAN MAFIA KILLERS VERBOTENE LIEBE]

9. **Mafiaboss Emilio Capulet** *[Mafiaboss des italienischen Capulet Clans; Hauptrolle in RUSSIAN MAFIA KILLERS VERBOTENE LIEBE]*

10. **William Cunningham** *[ein irischer Söldner und Ex-Agent der britischen Regierung; William ist die Rechte Hand und der Blutsbruder von Stephan-Nikolai Sorokin; Hauptrolle in RUSSIAN MAFIA KILLERS VERBOTENE LIEBE]*

11. **Dimitri Nikolajew** *[der Russe Dimitri ist der Blutsbruder und gleichzeitig auch die Rechte Hand des italienischen Mafiabosses Emilio Capulet; Dimitri ist um 8 Ecken herum verwandt mit dem russischen Rebellen Daniil Nikolajew aus BLACK SOUL; Hauptrolle in RUSSIAN MAFIA KILLERS VERBOTNE LIEBE]*

12. **Salvatore Capulet** *[Mafiakönig der sizilianischen Mafia in Palermo; Oberhaupt des Clans Capulet; Onkel von Emilio Capulet]*

13. **Alejandro Escobar** *[Drogenbaron der kolumbianischen Mafia in Bogotá]*

14. **Laura Montague** *[italienische Schönheit und Verlobte von Emilio Capulet]*

15. **Concetta Capulet** [Ehefrau von Salvatore Capulet und die Mafiaprinzessin der italienischen Mafia aus Rom]

AnnaSturm8 [11.1.2020/00:08]; 23:18; 21.2.2020 [17:28]

Impressum

Russian Mafia KILLERS

entführt

[HINWEIS: In „Russian Mafia KILLERS: entführt" spielen einige Romanfiguren aus „Russian Mafia KILLERS: Verbotene Liebe" mit.]

[Schauplatz des Geschehens: London, Moskau, New York, Bogotá, Tokio; Die Insel des Fürsten und Sizilien]
Länder: England, Russland, USA, Kolumbien, Japan, Italien
alle Rechte liegen beim Autor
Herstellung und Verlag: Books on Demand GmbH, Norderstedt
© **März 2020 by Anna Sturm/** [TB April 2020]

Cover-Foto Russian Mafia KILLERS entführt © 1418336 Ontario Ltd - Kanada/www.fotolia.com

Das vollständige Impressum findet man am Ende des Buches!

Bibliografische Informationen der Deutschen Nationalbibliothek. Die Deutsche Nationalbibliothek verzeichnet diese Publikation in der Deutschen Nationalbibliografie; detaillierte bibliografische Daten sind im Internet über http://dnb.d-nb.de abrufbar.
Die ISBN Nummer findet man auch auf dem Rücken des Buchumschlags!
ISBN 978-3751907828
_____annasturm158_____
Endfassung des Kindle eBooks: 25.2.2020 [17:44]; 20:51; 26.2.2020 [02:03]; 02:08; 12:26; 19:28

Veröffentlichung des Kindle eBooks: 1.3.2020
TB: 4.4.2020 [00:48]; 01:58; 19:28; 19:48; 19:58

****

Ich widme dieses Buch
meinem verstorbenen Chinchilla
Fiver, einem Pelztier, das so zutraulich war
wie ein Hund.

Du hast mir das Herz gebrochen.
Ich habe dich geliebt.

Anna

8. März 2020

****

Ja, Worte können verletzen. Und manchmal glaube ich sogar, dass Menschen bewusst andere Menschen verletzen. Mit Worten. Um sie in der Seele zu treffen. Genau dort, wo nur Worte Zugang haben, um alles darin zu verwüsten, was vorher eine Bedeutung hatte.

Anna Sturm

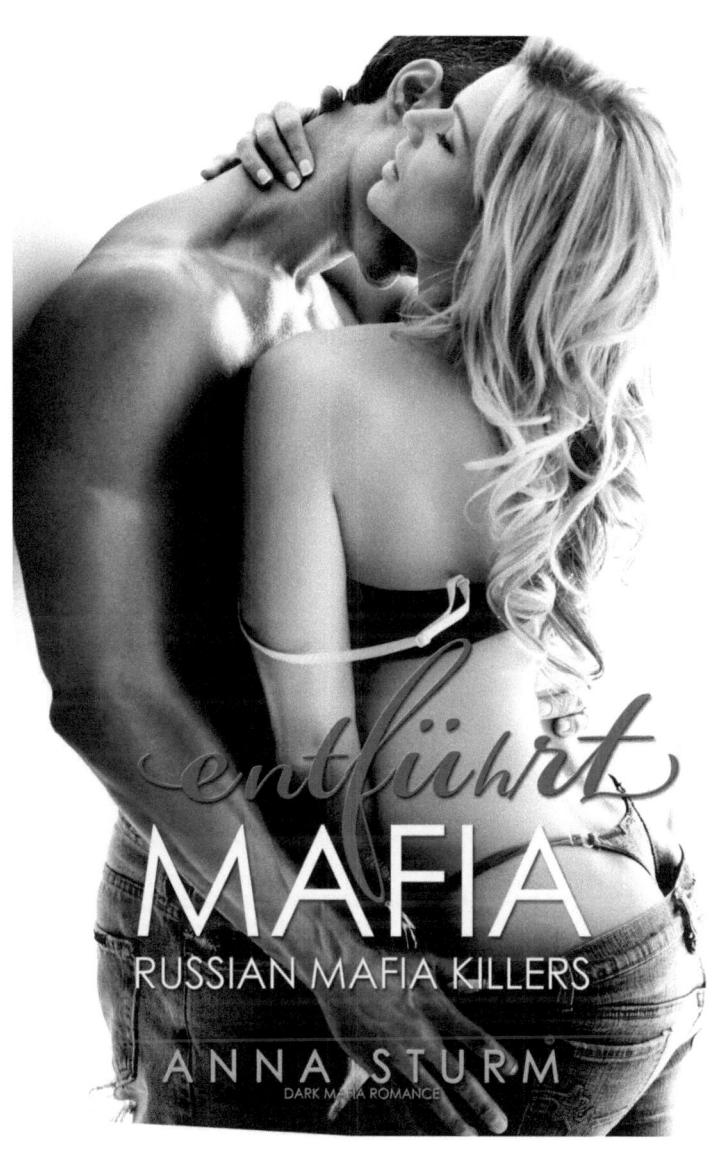

entführt
MAFIA
RUSSIAN MAFIA KILLERS

ANNA STURM
DARK MAFIA ROMANCE

Russian Mafia

KILLERS

entführt

PROLOG

In der Mafiahochburg des Capulet Clans auf Sizilien

[in der Nähe von Palermo]

Salvatore Capulet eilte die Treppen hinauf und durchquerte hastig den langen Flur, der in den *Blauen Salon* des linken Flügels führte. Seine schnellen, schweren Schritte raunten durch die Gänge wie die eines *Gefährlichen Raubtiers* auf der Jagd. Er blieb wie angewurzelt vor der massiven Mahagonitür stehen, als er sie erreichte, und starrte verstohlen auf den Türgriff. *Seine dunklen Augen funkelten in der Tat wie schwarze Diamanten, als ihn die Sonnenstrahlen im Gesicht trafen, die durch die seitlichen Fenster ins Innere des langen Flurs fluteten.* Wie ein sizilianischer Gigant sah er in diesem Moment aus, was bei seiner Größe auch kein Wunder gewesen war. Nervös fuhr er sich mit beiden Händen durchs schwarze Haar. Atmete tief durch. Strich unbewusst eine Falte auf seinem rechten Hosenbein seines schwarzen Anzugs glatt. Nahm all seinen Mut zusammen. *Mut, den er noch niemals so herausgefordert hatte, wie in dieser Stunde.* Er griff nach der Türklinke. Seine Hand ruhte nun einige Sekunden lang auf dem vergoldeten Türgriff. Dann drückte er ihn herunter. Stieß die hohe Tür auf, die in den prachtvollsten Salon der herrschaftlichen, viktorianischen Villa führte. Er trat mit einer anmutigen Bewegung mit dem rechten Fuß voran über die Schwelle hinein in den Raum. Warf die Tür hinter sich wieder zu. Blieb für einen kurzen Augenblick regungslos stehen. Richtete seinen Blick stur gegen die hohen Fenster. Ein dumpfer Knall raunte beim Aufprall der edlen Hölzer durch den Raum wie das Verklingen eines Rocksongs, als das massive Türblatt aus Mahagoni gegen den Türrahmen knallte wie ein Trommelschlag. Sein lauter Atem ging hierbei völlig unter.

Bei Gott! Sie war tatsächlich hier. So wie er es auch vermutet hatte. Er fuhr sich mit beiden Händen abermals nervös durchs Haar. Er war zutiefst verzweifelt. Verzweifelt, weil er eigentlich ja gar nicht hier sein dürfte. Verzweifelt auch, weil er schon lange nicht mehr bei klarem Verstand zu sein schien. Scheinbar angetrieben wurde von seinen tiefen Gefühlen, die das bisschen Verstand, was in seinem Gehirn davon noch übrig geblieben war, in die kleinste Ritze seines tiefsten Inneren verscheucht hatten. *Fuck! Fuck! Fuck!* Es hatte ihn schon wieder einmal in ihre Nähe getrieben. *Zweifellos! Und das, obwohl er ihre Nähe mied wie die Pest.*

Er hasste seine beschissenen Gefühle, die ihn zum Vollidioten mutieren ließen. Die ihn mit seiner idiotischen Verliebtheit konfrontierten. *Jeden Tag aufs Neue!* Die ihn an den Rand des Wahnsinns trieben. *Ganz, ganz langsam!* Sein Blick fiel auf das junge Mädchen. Sie stand vor den hohen Fenstern und kehrte ihm den Rücken zu. Wie ein Engel sah sie aus, als die Sonnenstrahlen ihren zierlichen Körper streiften. Durch ihr dunkelblondes Haar flossen. Tausend goldfarbene Facetten über ihre prachtvolle Mähne warfen. Ihr langes, gewelltes Haar bedeckte fast ihren ganzen Rücken. Eine Windböe wehte durchs Fenster ins Innere. Blies die langen Vorhänge in den Raum hinein. Ließ auch ihre prachtvolle Mähne im Wind tanzen. In ihrem weißen Sommerkleidchen sah sie aus wie eine Jungfrau. Doch sie war keine Jungfrau mehr. *Sie war eine Hure.* Eine Hure, die mit einem russischen Hurensohn gefickt hatte. Eine Hure, die seinem Neffen Hörner aufgesetzt hatte. Eine Hure, die ihn ganz, ganz langsam um seinen Verstand gebracht hatte. Ihn, den Mann von Ehre! *Ohne Zweifel!*

Salvatore verabscheute sie. Verabscheute auch zutiefst seine aufwühlenden Gefühle, die er scheinbar ihr gegenüber hegte, die er sich aber gar nicht so recht erklären konnte. Offensichtlich war er vom Teufel besessen. So wie es aussah, hatte sie ihn verhext. Mit ihren aufreizenden Blicken. Ihrer sanften Stimme. Ihrer unfassbaren Schönheit. Ihrem sagenhaften Duft. Ihrer puren Anwesenheit. Ihrem süßen Wesen. Ihrer kindlichen, frischen, vorgetäuschten und vorgespielten Unschuld. O ja, sie war eine wahre Meisterin. Eine sagenhafte Schauspielerin! *Gottverflucht! Hätte sie Emilio nur niemals hierhergebracht.* Seine Welt war in Ordnung gewesen, bevor sie hier auftauchte. Sie war gut strukturiert. Geordnet. Genauso eigentlich, wie er sie auch um sich herum erschaffen hatte. Vor langer Zeit! ER war der Mafiakönig der sizilianischen Mafia und ER herrschte über alle Sizilianer. Alle machten, was er ihnen befahl. Niemand wagte es, ihm zu widersprechen. Ausgenommen alle hatten Angst vor ihm. Zitterten vor seiner Rache. *Doch dieses Mädchen hier war anders. Sie widersprach ihm mit ihren Augen.* Mit ihrem ganzen Wesen. Ihrer lieblichen Art. *Ihrer Sanftmut. Einer Sanftmut, die er gleichermaßen zu lieben wie auch zu hassen begonnen hatte.* Sie stellte sich ihm mutig entgegen, um ihn zu Fall zu bringen. Eines Tages. Das spürte er genau. SIE hatte keine Furcht vor ihm. *Und ihr unschuldiger Blick sprach Bände! Klagte ihn an. Ihn, den Mörder ihrer Familie! Als könne sie seine Gedanken lesen. In ihn hineinschauen. Sehen, was er getan hat.*

Wie die reine Unschuld vom Lande stand sie am geöffneten Fenster. Kehrte ihm den Rücken zu, obwohl sie bestimmt gehört hatte, dass jemand das Zimmer betreten hat. Scheinbar sah sie über die vor der Villa groß angelegte Parkanlage hinweg zu den hohen Zypressen hinüber, die die Auffahrt zum Gebäude zierten. Hoch ragten die Zypressen zum Himmel hinauf. Wie Zwerge sahen die Menschen aus, die an ihnen vorüberschlenderten. Salvatore konnte sich noch gut daran erinnern, als sein Vater sie hatte vor einigen Jahrzehnten anpflanzen lassen. *Wie klein diese Bäumchen damals noch waren. So klein wie er zu jener Zeit, als die kindliche Unschuld noch durch seine Adern floss.* Doch jetzt war er ein Mann. Hatte die vierzig zwar noch nicht überschritten, aber dafür einiges im Leben erreicht, was sein Vater in diesem Alter noch nicht erreicht hatte. Noch nicht einmal davon zu träumen gewagt hätte. ER. WAR. MÄCHTIG. IM. GEGENSATZ. ZU. SEINEM. VATER. Mächtiger als alle, die sich um ihn herum scharrten wie die Fliegen, um seine Gunst zu erlangen. Er sah über ihren Kopf hinweg zum Fenster hinaus. Richtete seinen Blick ebenfalls auf die Zypressen, die sie wohl gerade bewunderte. Es war ein ehrfurchtsvoller Anblick für Jedermann. Ein atemberaubend angelegter Weg für die Götter. So wie auch er einer war, wenn er daran vorbeiging. Zumindest fühlte er sich an vielen Tagen wie ein Gott, der über Tod und Leben bestimmte. *Seine Parkanlage war gigantisch. Gigantisch und gleichermaßen auch faszinierend. So stellte er sich eigentlich ja immer das Paradies vor.* Dass ER keinen Zutritt bekäme, sobald seine Zeit käme, war ihm irgendwie nicht so recht bewusst. Davon sprach er nie. Einen Weg ins Paradies würde er aber schon noch finden, wenn die Zeit dafür reif wäre. Da war er sich ganz sicher. Davon war er fest überzeugt. Zumindest bestätigte es ihm der Bischof von Palermo immer wieder, ihn ohne Zweifel vor die Pforten des Paradieses zu führen. Ein Bischof, der mehr Angst als Vaterlandsliebe hatte, wenn er bei ihm im Beichtstuhl saß. Und Salvatore war überzeugt davon, dass es ihm half, das Paradies zu betreten und auch zu erobern, wenn er regelmäßig all seine Sünden beichtete, solange er auf der Erde verweilte und darauf sein schändliches Unwesen trieb. O nein, das war wahrlich keine Wunschvorstellung dieses mächtigen Mannes, der über ganz Sizilien herrschte und seine Finger überall mit drin stecken hatte und an den richtigen Fäden zog, um andere, mächtige, italienische Clans zu dirigieren. *Sie entweder zu vernichten oder aber als Verbündete zu unterjochen!*

Seine Blutsbrüderschaft mit dem kolumbianischen Drogenbaron *Alejandro Escobar* aus Bogotá war für viele Unwissende eine regelrechte Farce. Für diejenigen, die aber das Verhältnis beider Clans zueinander kannten, schon lange keine Überraschung mehr. Die emotionale Bindung der beiden Männer zueinander war sehr stark. Sie waren in der Tat wie Brüder. Verhielten sich auch so. Und das schon seit mehreren Jahren. Die beiden Männer hatten so gut wie keine Geheimnisse voreinander. Sie waren wahrlich Blutsbrüder aus Leidenschaft. Auf ewig miteinander verbunden. *Auf ewig. Und auch für immer.* Das hatten sie sich gegenseitig geschworen. Und Alejandro war der Eid, den er dem Sizilianer Salvatore gegenüber geleistet hatte, heilig. *Deshalb sah er es auch als seine Pflicht an, der Taufpate von Salvatores Sohn zu sein.* Seit Salvatore vor vielen Jahren Alejandros Leben gerettet hatte, als sich dieser in einer misslichen Lage befand, weil man in seinen eigenen Reihen seinen Mord geplant hatte, war deren Freundschaft fest zusammengekittet; deren freundschaftliches Verhältnis überstieg in der Gewichtung sogar die Familienbande – *war im Prinzip dicker als Blut.* Ein unsichtbares Band, das niemals abreißen würde. *Jeder Capulet wusste das. Auch jeder Escobar.* Deshalb war Alejandro in Salvatores Mafiahochburg auf Sizilien – *sprichwörtlich einer uneinnehmbaren Festung* – nicht nur ein gern gesehener Gast, sondern er genoss alle Rechte und Pflichten, die auch einem Familienmitglied zugesprochen wurden. In Emilios Augen, dem Neffen von Salvatore, war Alejandro so etwas Ähnliches für ihn wie ein Onkel. Er behandelte Alejandro nicht weniger respektvoll wie seinen blutsverwandten Onkel Salvatore. Seine Liebe zu Alejandro war auch nicht geringer als die Liebe zu Salvatore, dem jüngeren Bruder seiner Mutter. Einem Mann, der ihn immer beschützt hatte und aufgezogen hat wie einen eigenen Sohn, nachdem sein leiblicher Vater vor vielen Jahren einem Anschlag zum Opfer gefallen war, an welchem Salvatore aber nicht ganz unbeteiligt gewesen ist, auch wenn niemand davon wusste. Da Emilios Mama aber nach dem Trauerjahr wieder ihren Mädchenamen angenommen hatte und auch reumütig zu ihrem kleinen Bruder auf die Festung zurückgekehrt war und zudem Salvatore daraufhin ihren Sohn wie einen eigenen Sohn aufgezogen hatte, war es kein Wunder gewesen, dass auch Emilio den Familiennamen der Capulets angenommen hatte, um schlussendlich einer von ihnen zu sein!

O ja, Salvatore glaubte immer, er habe alles im Griff. *Die ganze Familie. Die ganze Ortschaft. Die komplette Insel. Alle, mit denen er zu tun hatte.* Doch dieses kleine Mädchen, das Emilio aus London mitgebracht hatte, brachte ihn komplett aus der Fassung. Sie spielte ihn ganz, ganz langsam kaputt. Ließ ihn an seinem eigenen Verstand zweifeln. Er spürte ganz tief in sich drin, dass er die Kontrolle über sich verlor. Doch er durfte sie nicht verlieren. Er musste dagegen ankämpfen. Mit aller Macht.

Gott, stehe mir bei, murmelte er im Geiste, als er hastig mit großen Schritten auf Laura zuging, die sich im selben Moment umdrehte, als er sie erreicht hatte. Er spürte ihre Haarspitzen im Gesicht, als ihr seidiges Haar ganz dezent seine Wangen streifte, nachdem sie sich blitzartig zu ihm umgedreht hatte. *Bei Gott, solch faszinierende Augen hatte er noch nie gesehen.* Das linke Auge war so grün wie ein Smaragd. Und das rechte so blau wie das Meer, das diese schöne Insel umschloss. Er spürte, dass ihm das Adrenalin durch die Venen jagte, als er sie mit seinen dunklen Augen fixierte. Er fühlte sich in diesem Moment wie ein gehetztes Tier, derweil war er der Jäger. Das war schon immer so gewesen. Diese enorme Hitze, die augenblicklich an seinem Körper empor kroch, schien ihn innerlich zu verbrennen. Als stünde er in Flammen. Instinktiv fasste er mit der rechten Hand an seine Krawatte und lockerte den Knoten. Die Hemdärmel seines weißen Hemdes hatte er sich bereits vor einer Stunde schon hochgekrempelt, als die Krisenbesprechung in seinem Arbeitszimmer noch in vollem Gange am Laufen war. Und er hatte sich während der Besprechung laufend dabei ertappt, wie ihm das kleine Mädchen Laura ständig im Geist umherschwirrte, als er versucht hatte, seinem Neffen konzentriert zuzuhören, der gerade einen strategischen Plan entworfen hatte, wie man die Gebiete des *Capulet Clans* in London wieder zurückerobern könne, nachdem Emilio ja bedauerlicherweise vor der Russenmafia fliehen musste. Vor einigen Wochen. *Gottverflucht! Ständig hatte er Lauras Gesicht vor Augen gehabt.* Als hätte diese verdammte, kleine Hure seinen Verstand total vergiftet. *Wie konnte das nur möglich sein?! Schließlich war er ja gegen die Liebe gewappnet.* Noch nicht einmal sein eigenes Eheweib liebte er aufrichtig und ehrlich. O ja, er liebte sie eigentlich ja schon ein bisschen, weil sie ja die Mutter seines Sohnes war. *Es fühlte sich aber nur irgendwie so ähnlich an wie bei einem entfernten Verwandten, der ihm Nahe stand.* Er schlief zwar gelegentlich mit ihr, doch dieses berauschende Gefühl, das Laura in ihm auslöste, diesen Orkan, den sie in seinem Inneren heraufbeschworen hatte, hat er bei seiner eigenen Frau noch nicht ein einziges Mal gespürt. Noch nie gespürt. Noch nicht einmal in der Hochzeitsnacht. Wer wisse schon, ob das nicht anders gewesen wäre, wenn ihm damals sein Vater nicht befohlen hätte, die Tochter des Feindes zu heiraten, um die verfeindeten Clans auf Sizilien zu vereinen. Sie dadurch zu stärken. *Nun ja, jetzt war er der mächtigste Mann der Unterwelt in ganz Italien und natürlich auch auf seiner schönen Insel Sizilien. Das war schon richtig.* Natürlich hatte Salvatore gehofft, die wahre Liebe würde sich bei ihm mit der Zeit noch einstellen. Eines schönen Tages zumindest. Leider war dem aber nicht so. Er hatte sich damit abgefunden und gelegentlich andere Frauen gefickt, um die Lust auszuleben, die er mit seiner eigenen Frau nicht ausleben konnte, weil einfach das Gefühl der Gier, der Leidenschaft und auch des Verlangens in ihm nicht vorhanden war. Dennoch ehrte er seine Ehefrau. Zumindest mochte er sie sehr, sehr gern. Konnte sie quasi sehr, sehr gut leiden. Ein bisschen zumindest. Auf eine ganz spezielle Art und Weise liebte er sie wohl sogar. *O ja. Sie war definitiv die Mutter seines Sohnes, den er im Gegensatz zu ihr aber vergötterte.* Der im Prinzip genauso alt war wie der kleine achtjährige *Mercutio Montanari,* den er hatte eliminieren lassen, als er befohlen hatte, Lauras Familie über Nacht auszulöschen. Nun gut, tot war er noch nicht, der kleine italienische Junge. Seine Leute hatten Mercutio noch nicht erwischt, der bedauerlicherweise fliehen konnte, bevor Salvatore seine Rache bekommen hätte. Der dummerweise Zuflucht bei diesem *verdammten Hurensohn Stephan-Nikolai Sorokin* gefunden hatte, einem Russen, der seinem Neffen Hörner aufgesetzt hatte. Aber einen offenen Krieg mit den Russen beabsichtigte Salvatore derzeit dennoch nicht zu führen. Er hatte des Öfteren schon mit *Alejandro*

Escobar darüber gesprochen, der ihm immer wieder abgeraten hat, in einen offenen Konflikt mit der Russenmafia zu geraten, da die Zeit noch nicht reif dafür sei, mit den Russen in einen Bandenkrieg zu ziehen. Nicht, solange der Mafiakönig der Russen noch lebte. *Ein russischer Fürst, der überall die Fäden zog.* Ein Fürst, dessen Organisation eine der mächtigsten Syndikate auf diesem Planeten war. Das musste er sich leider eingestehen. Erst nach Fürst Alexej Lwows Ermordung – *die bereits geplant wurde* – könne man über einen möglichen Bandenkrieg mit den Russen im Allgemeinen nachdenken. Das war ihm klar! Schließlich war die italienische Mafia nicht dumm. Und auch nicht lebensmüde. Es wäre nämlich ihr Untergang gewesen, gegen BLACK SOUL anzutreten, solange der Fürst noch lebte. Deshalb machte man notgedrungen Geschäfte mit ihnen. Geschäfte und auch Bündnisse, die man vertraglich schloss. Vorzugsweise mit irgendwelchen Hochzeiten wichtiger Leute untereinander besiegelte. Solch ein Bündnis war Salvatore damals auch eingegangen, als er die Tochter des Mafiabosses von Norditalien heiratete. Eine von seinem Vater arrangierte Ehe, die bis heute Bestandteil des Friedens war.

Salvatore atmete tief durch. Jetzt stand er hier. Im *Blauen Salon.* Alleine. Mit einem Mädchen, das ihn ganz, ganz langsam um den Verstand gebracht hatte. Der einzige Gedanke, der ihn schon seit Wochen verfolgte, war, sie zu berühren. Zu küssen. Und auch zu ficken. *Noch nie im Leben war er einer Frau begegnet, die ein solches Verlangen in ihm ausgelöst hatte, so dass er Tag und Nacht nur noch ans Ficken denken musste.* Sogar sonntags während der Messe in der Kirche dachte er daran. Und dort hatte er wahrlich noch niemals diese sexuellen Gelüste verspürt. Schon allein der ehrfurchtsvolle Ort hatte ihn ehrfürchtig seine Gebete aufsagen und die Messe in Demut mitverfolgen lassen. Schließlich war er Christ. Ein Christ, der sehr gläubig war. Ein Christ, der sich dennoch nicht an die zehn Gebote Gottes hielt. Wohlgemerkt!

Was sollte er jetzt nur tun? Er wusste es nicht. Er wollte sie. Aber er hasste sie auch dafür, sie auf diese Art und Weise zu begehren. Sie zu wollen, obwohl sie doch seinem Neffen gehörte. Und er hasste sie für seine tiefen Gefühle, die er ihr gegenüber hegte. Er verabscheute sie für seine Gier. Seine unkontrollierten Gedanken. Seine sexuelle Begierde, die er in ihrer Nähe verspürte. *War das die Rache Gottes, weil er ihre ganze Familie hatte exekutieren lassen?* Er hoffte nicht, dass das die Strafe des Teufels war. *Denn er wollte im Tode wahrlich kein Verdammter sein, der auf alle Zeiten dazu verdammt war, im Fegefeuer zu schmoren!*

Dennoch spürte Salvatore, dass er mit der Beherrschung rang. Wie ein Idiot stand er vor ihr und sagte nichts. Als hätte er die Sprache in dem Moment verloren, als er den Raum betreten hatte. Und dann lächelte sie ihn plötzlich an. *Gottverflucht! Das war nicht nur ein normales Lächeln. Das war eine Aufforderung.* Eine Aufforderung, sie sich zu nehmen. Und zwar jetzt. Gleich hier. Im Salon. Egal, wer diesen Raum gleich betreten würde, er verspürte das starke Verlangen, sie ficken zu wollen. Und dann spielte sein Verstand plötzlich verrückt mit ihm; *spielte ihm einen bitterbösen Streich!* Er stellte sich doch tatsächlich bildlich vor, sie mit einem schnellen Handgriff an den Schultern zu packen und sie gegen die Fensterscheibe zu drängen. Er glaubte doch tatsächlich, dass all das gerade passierte, was ihm sein benebelter Verstand suggerierte. In ihrer Gegenwart. In diesem Raum. Er sah im Geiste, dass er sich zu ihr herunterbeugte und sein Gesicht in ihrem Haar vergrub. Ein unfassbar schöner Duft stieg ihm umgehend in die Nase. Ließ ihn noch wilder werden in seiner grenzenlosen Fantasie. Auch die Beherrschung komplett verlieren. In Gedanken küsste er ihre Wangen, ihren Hals, ihr Dekolleté. Als sich ihre Lippen berührten, da spürte er in aller Deutlichkeit, dass sie seinen feurigen Kuss erwiderte. Ihr Becken leicht gegen seine Lenden presste. Ihren Unterleib kräftig an seinem harten Schwanz rieb. *O Mann, er verstand ihre eindeutigen Signale sofort, die er sich so stark eingebildet hatte, dass er tatsächlich glaubte, all das passiere gerade wirklich.* Diese verruchte Schönheit, dieser verdorbene Engel wollte es auch. Wollte ficken. Mit ihm. In diesem Moment. Er fuhr ihr zwischen die Beine. Griff nach dem Saum ihres Kleides und zog ihr den hauchdünnen Stoff ihres Sommerkleides über die Hüften. *Natürlich alles nur in Gedanken – in seiner verruchten Fantasie!*

Und im selben Moment, als er mit seinem Finger sinnbildlich in ihre enge Öffnung eintauchen wollte, um an ihr zu kosten wie die Biene an dem Nektar, da kehrte blitzschnell sein Verstand zurück, um ihn aufzuhalten, jetzt etwas Unüberlegtes, etwas äußerst Dummes zu tun.

Er stand immer noch reglos vor ihr. Rührte sich nicht. Atmete laut. Unkontrolliert. Fand *Gott sei Dank* jedoch seine Fassung wieder. „Emilio sucht dich.", sagte er kühl. Seine Stimme klang rau. *Rau und gefährlich.* Und all die Leidenschaft und Liebe, die er für dieses Mädchen verspürte, verschwand binnen Sekunden daraus. War nicht mehr darin aufzufinden. Seine Stimmfarbe war plötzlich so schwarz wie die Nacht. All die Wärme war daraus verschwunden. Eiskalt und berechnend klang der Mafiakönig, als er ehrfurchtsvoll vor dieser Hure stand, weil er sie haben wollte, aber niemals besitzen würde. „Du solltest jetzt lieber gehen. Bevor er noch eine Vermisstenanzeige aufgibt." Er presste ein Lächeln über die Lippen. Ein Lächeln, das in diesem Moment ziemlich gequält ausgesehen hatte. Zumindest versuchte er, ihr ein bisschen Freundlichkeit entgegenzubringen. Im Grunde genommen wollte er aber nur nicht, dass sie in ihm das sah, was alle in ihm sahen. Eine Bestie ohne Empathie für andere. Er wollte in seinem tiefsten Inneren nicht, dass sie Angst vor ihm hatte, so wie jeder Mann auf dieser Insel. Obwohl seine Seele so dunkel war wie die finstere Nacht. Nur seine unglaubliche Schönheit täuschte die Menschen um ihn herum, die manchmal dem Irrglauben verfielen, er wäre tatsächlich empathisch. Empathisch oder gar nett zu einem, wenn man ihm seine Freundlichkeit anbot. *Welch Idiotie! Denn Salvatore täuschte alle um sich herum. Am meisten jedoch seine Feinde, die er gekonnt in die Irre leiten konnte. Als Bestie, die alles überrannte, was sich ihr in den Weg stellte.* „Du solltest jetzt besser gehen.", sagte er leise.

„Ja, Sir.", flüsterte Laura, deren sanfte Stimme kaum hörbar durch den Salon raunte wie eine verklingende Ballade. Innerlich zitterte sie jedoch vor diesem Mann. *Zumindest ein bisschen.* Doch sie hatte sich geschworen, diese Angst, die sie in seiner Gegenwart verspürte – *manchmal* – niemals nach außen hin offen zu zeigen. Auch wollte sie Emilio nicht sagen, dass sie Angst vor seinem Onkel hatte, da sie sehen konnte, wie sehr er seinen Onkel liebte. Wie sehr er ihn schätzte. Und als sie sich in *Emilio Capulet* verliebt hatte, da hatte sie auch beschlossen, alles für diesen Mann zu tun, der sie aus der Hölle befreit hat. Sie wusste zwar nicht, weshalb man sie am Straßenrand ausgesetzt hatte, aber in ihren schlimmsten Albträumen hatte sie sich immer vorgestellt, dass sie Verbrechern zum Opfer gefallen war, die nicht schlimmer hätten sein können als der Satan selbst, der die Hölle wie ein Fürst der Finsternis regierte. *O ja, Laura war sehr gläubig.* Sie glaubte fest daran, dass sie das schon immer gewesen war. Obwohl sie sich nicht mehr daran erinnern konnte. Manchmal brachte sie diese Ahnungslosigkeit an den Rand des Wahnsinns. Allein Emilio half ihr, ihre gewaltigen Erinnerungslücken zu verdrängen. Er schenkte ihr ein neues Leben. *O wie schön es doch war, dass ER zufällig vorbeigekommen ist, um sie zu retten. Und wer wisse schon, in welche Hände sie gefallen wäre, wenn es andere Männer gewesen wären, die sie an jenem Tag aufgegriffen hatten, als sie so hilflos umhergeirrt war.* Laura glaubte, dass es kein Wunder gewesen ist, dass sie sich in Emilio verliebt hatte. In ihren Retter. Es war sicherlich Gottes Wille gewesen, dass sie ihm an jenem Tag, an welchen sie sich bedauerlicherweise auch nicht mehr zurückerinnern konnte, über den Weg gelaufen war. Er war so gut zu ihr. Behandelte sie sprichwörtlich wie eine Prinzessin. Er war so zärtlich. So leidenschaftlich. Die Gier stand ihm ins Gesicht geschrieben. Und er war unglaublich gefühlvoll. Auch wenn es nur Küsse waren, die sie von ihm zu erwarten hatte. Zumindest bis zu ihrem einundzwanzigsten Lebensjahr. Danach erst wollte er sie zur Frau nehmen beziehungsweise durfte er es. Und sie konnte es kaum erwarten, ihm in der Kirche das *Ja-Wort* zu geben. Den romantischen Heiratsantrag, den er ihr unter dem atemberaubenden Sternenhimmel von Sizilien gemacht hat, hatte sie immer noch im Kopf. Den würde sie sicherlich niemals vergessen. Alle auf diesem Anwesen waren so nett zu ihr. Sogar Emilios Mama behandelte sie wie eine von ihnen. Sie war so gut zu ihr wie zu ihrem eigenen Sohn. *Einzig und allein Mister Salvatore Capulet war ein einziges Rätsel. Ein Mann mit einem düsteren Geheimnis.* Das fühlte sie ganz deutlich. Sie konnte seinen Augen ansehen, dass er nicht das war, was er vorgab zu sein. Seine Augen sprachen eine andere Sprache wie sein Mund, wenn sie aufeinandertrafen. *Genauso wie jetzt.* Würde sie nur seiner rauen Stimmfarbe vertrauen, dann müsste sie sich zu Tode fürchten vor diesem Mann. Doch sein undurchschaubarer, undurchdringlicher Blick war so weich und warm, *an manchen Tagen,* so dass sie sich gelegentlich fragte, was er in ihr sah, wenn er sie heimlich beobachtete. *Und er beobachtete sie oft. Und auch bei jeder Gelegenheit.* Natürlich war ihr das aufgefallen. Trotzdem hatte sie Emilio nichts davon erzählt. Emilio war ein sehr liebevoller Mann. Aber er war auch sehr eifersüchtig. Auch glaubte Laura, dass er jedem das Genick bräche, der ihr zu nahe käme. Deshalb wollte sie auch nicht ihre Bedenken äußern, die seinen Onkel betrafen. Schließlich wusste sie ja, dass er ihn liebte. Und sie wollte keinen Keil zwischen diese beiden Männer treiben. Und am Ende war es ja auch nur eine reine Vermutung von ihr. *Vielleicht täuschte sie sich ja.* Schließlich konnte sie sich noch nicht einmal mehr an ihre Vergangenheit erinnern. Woher sollte sie schon wissen, wie es sich anfühlte, wenn ein Mann sie begehrte, der sie nicht begehren durfte. Der verheiratet war. Selbst ein Kind hatte. Vielleicht tat sie Salvatore ja unrecht. Vielleicht war sein Blick im Allgemeinen so gierig, wenn er mit Frauen sprach. Obwohl ihr diese sehnsuchtsvollen Blicke niemals aufgefallen waren, wenn er mit den anderen Mädchen sprach, die sich auf diesem herrschaftlichen Landsitz hier befanden. Alle Dienstmädchen und auch das übrige Personal hatten Angst vor ihm. Vor ihm und auch vor seiner Frau, die so jähzornig war wie eine verdammte Kräuterhexe. Sie würde sicherlich niemals dulden, dass sich ein Mädchen an diesem Ort hier befände, die ihrem Mann schöne Augen machte. Allein schon aus diesem Grund mied es Laura, Salvatores schmachtende Blicke zu erwidern, wenn sich seine Ehefrau im Raum befand. *Bei Gott, sie war ihrem Schicksal äußerst dankbar, dass Emilio an ihrer Seite über sie wachte und nicht Salvatore Capulet.* Emilio war ein Mann, dem sie ihr Leben verschrieben hatte. Ein Mann, der sie gerettet hatte. Ein Mann, der ihr ein neues Leben geschenkt hat. Ein Mann, der sie zwar hielt wie einen Vogel im Goldenen Käfig, der aber niemals ihr gegenüber gewalttätig geworden ist. Niemals die Hand gegen sie erhob. *Nachdem Laura aber keine Ahnung davon hatte, wie es war, sich in Freiheit zu bewegen, vermisste sie diese auch nicht.* Sie fügte sich in ihr Schicksal. Und sie fügte sich ihrem Herzen, das ihr den Weg in eine bestimmte Richtung wies. Und zwar genau in Emilios Arme. Direkt in sein Herz hinein. Seine Schale war zwar hart, doch der Kern butterweich; das Innere seiner Seele war von Sanftmut, Romantik und Leidenschaft sprichwörtlich übersät. Er war DER Mann, den sie liebte. Aufrichtig liebte. Ob sie jemals schon einmal einen Mann geliebt hatte, wusste sie nicht. Aber so fühlte es sich sicherlich an, wenn man jemanden liebte. Das musste also Liebe sein. Als sie nun am Fenster gestanden war und in der vor ihr aufgetürmten, wundervollen Parkanlage Ausschau nach Emilio gehalten hatte und dabei auch die faszinierenden Zypressen dieses Anwesens hier bewundert hat, die ihre Blicke streiften, da hatte sie deutlich gehört, dass jemand den *Blauen Salon* betreten hatte. Da sie bereits mit Emilios Gewohnheiten und auch seinen Gepflogenheiten vertraut war, auch die Art und Weise, mit ihr umzugehen, inzwischen kannte, wusste sie genau, dass er sie sicherlich gleich angesprochen hätte, sobald er eingetreten wäre, wenn er es tatsächlich auch gewesen wäre. Aber derjenige, der den Salon betreten hatte, hatte geschwiegen. Und dann hatte sie es gerochen. Es war sein Aftershave. Sein Geruch. Seine Duftnote. *O mein Gott. Es war er.* Salvatore Capulet, der im Zimmer stand. Sie hatte gehofft, dass er wieder gehen würde, wenn sie so täte, als hätte sie ihn nicht bemerkt. Aber als sie seine schweren, schnellen Schritte auf dem Marmorboden gehört hatte, die sich ihr genähert hatten, da überkam sie plötzlich Angst und sie hatte sich in Panik blitzschnell zu ihm umgedreht. Er war bis dato noch nie so hastig auf sie zugegangen. Sie war sich nicht sicher gewesen, was er vorgehabt hatte. Und als sie in sein markantes Gesicht sah, da konnte sie deutlich sehen, was sie schon immer geahnt hatte und auch darin gesehen hatte, seit sie von der Familie Capulet aufgenommen worden war wie ein verlorenes Schäfchen. Seine Augen sprachen Bände. *Bei Gott, was würde er jetzt nur machen, schoss es ihr durch den Kopf, als er sie stumm anstarrte.* Und dann huschten ihm Worte über die Lippen, die sie wie ein Faustschlag im Gesicht trafen. Sie waren so kalt. So eisig. Jagten ihr einen Schauer über den Rücken. Passten gar nicht zu den warmherzigen Blicken, die er ihr soeben zuwarf. *Dieser Mann war wahrlich ein Rätsel für ihren kindlichen Verstand.* Einerseits glaubte sie, er könne sie nicht leiden. Hasste sie womöglich sogar. Andererseits konnte sie aber seinen sehnsüchtigen, gierigen Blicken entnehmen, dass es etwas anderes war, was er von ihr wollte. *Das machte sie verrückt. Verrückt und unsicher.* Sie hoffte inständig, dass Emilio sie von hier fortbrachte, sobald sie seine Frau war. Er sprach zumindest davon, sie nach London mitzunehmen, wenn die Zeit hierfür reif wäre. Obwohl er ihr verschwieg, weshalb er sie noch nicht jetzt nach England mitnehmen wollte. Weshalb er selbst noch nicht zurückkehren konnte. An diesen Ort, an welchem er gelebt hatte, bevor er sie wie einen Vagabunden aufgegabelt hat. Wo auch immer das gewesen sein mochte. Emilio hielt sich diesbezüglich sehr bedeckt. Sprach nicht viel über die Zeit, als er noch in London gelebt hat. Möglicherweise würde er es ihr ja eines Tages verraten. Möglicherweise lag es aber auch an *Salvatore Capulet,* dass er es ihr noch nicht sagen konnte. Sie hatte schon mehrfach beobachtet, dass Salvatore mit Emilio abseits von ihr im Flüsterton gesprochen hatte und sie möglicherweise Differenzen gehabt hatten, da beide Männer immer ziemlich laut geworden sind und aufgebracht gewesen waren, wenn sie zu ihr zurückgekehrt sind. *Irgendetwas schienen sie ihr zu verschweigen. Möglicherweise bildete sie sich das alles aber nur ein, weil sie so unwissend war.* Wahrscheinlich würde sie aber niemals deren Geheimnis lüften. Sie hüteten es scheinbar wie einen Schatz! Erschwerend hinzu kam auch noch, dass sie ja noch nicht einmal das Geheimnis ihrer eigenen Herkunft erraten konnte. Wie sollte sie dann herausfinden, was Emilios

Geheimnis war, wenn ihre eigene Unfähigkeit ihre Vergangenheit in Dunkelheit hüllte. Während ihr nun all diese Dinge in rasend schnellem Tempo durch den Kopf schossen, starrte sie dieser gefährliche Mann an, vor dem scheinbar alle zitterten. Außer ihr. *Oder war es ein Fehler, ihn nicht zu fürchten?* Vielleicht unterschätzte sie ihn ja sogar. „Wo ist er denn?", fragte sie leise. *„Unten. Im Foyer.", hörte sie ihn sagen.* Schon wieder mit dieser eiskalten Stimme. Diesen dunklen Tönen, die ihr einen Schauer über den Rücken jagten. Laura nickte kaum merklich und machte einen Schritt auf Salvatore zu, um an ihm vorbeizugehen. Als sie ihn dabei leicht am Arm streifte, da konnte sie aus den Augenwinkeln heraus sehen, wie er seinen Kopf in ihre Richtung drehte. *Rasend schnell.* Auch die Hand, die blitzschnell nach ihr griff, sah sie, noch bevor er sie am Arm berührte. Sie hielt sofort in der Bewegung inne und starrte ihn fragend an. Weshalb hielt er sie jetzt zurück?

Fuck! Fuck! Fuck! War er denn vollkommen verrückt geworden!? Weshalb hatte er das denn gerade eben getan? Sein Geist sprang im Dreieck umher und machte Salvatore gerade ganz schön zur Sau! Salvatore starrte Laura an, die er mit der linken Hand fest am Arm hielt. Etwas, das er bis dato noch nie zuvor getan hatte. „Sag Emilio, dass ich ihn nachher nochmals kurz sprechen muss. Im Arbeitszimmer. Er soll dort auf mich warten, wenn er mit dir fertig ist. Es dauert nicht lange." Bei Gott, sein Verstand hatte ihn aus dieser misslichen Lage befreit. Gerade noch rechtzeitig genug, bevor sich das kleine Mädchen gefragt hätte, weshalb er sie ergriffen hatte. Weshalb er sie anstarrte, als würde er über sie herfallen wollen. Wie ein *Gefährliches Raubtier,* das keine Gnade kannte, wenn es das Lamm riss. *Gott sei Dank!* Seine Worte huschten ihm über die Lippen, als hätte er sie Stunden zuvor so einstudiert. Worte, die ihm gerade den Arsch gerettet hatten. Er ließ Laura wieder los und trat einen Schritt zurück. *Anstandshalber noch einen weiteren.*

Laura schluckte. Nickte. Passierte ihn jetzt. Ging dann mit schnellen Schritten auf die Tür zu. Öffnete sie einen spaltbreit und zwängte sich durch den schmalen Spalt hindurch auf den Flur heraus. Sie zog die Tür wieder hinter sich zu. Als sie sich umdrehte, wäre sie beinahe mit Concetta zusammengerauscht, die plötzlich hinter ihr stand. „Entschuldigung.", murmelte Laura irritiert und eilte an ihr vorbei.

Concetta fuhr sich mit der einen Hand durch ihr schwarzes Haar, mit der anderen glättete sie die Falten ihres schwarzen Etuikleides. Stumm sah sie dem scheinbar nervösen Mädchen noch hinterher, bis sie aus ihrem Blickfeld verschwand. *Vor wem flüchtete sie aus dem Blauen Salon, fragte sie sich gerade. Und irgendwie sah es wie Flucht aus, was sich da gerade vor ihren Augen abgespielt hatte.* Dann schoss ihr ein erschreckender Gedanke durch den Kopf. Sie öffnete geschwind die Tür zum *Blauen Salon* und trat ein. *O mein Gott! Sie hatte es vermutet. Ihr Verdacht hatte sich also bewahrheitet. Und es hatte sie wahrlich weder gewundert noch überrascht, dass sie ihren Ehemann hier vorfand. Verdammt!* Hatte er vielleicht schon ein Verhältnis mit dieser kleinen Hure? Ihr waren die verliebten Blicke ihres Gatten nicht entgangen, die er der kleinen Schlampe zuwarf. Bei jeder noch so kleinen Gelegenheit starrte er *Laura Montague* an, als würde er sie am liebsten gleich mit den Augen ausziehen wollen. Sie ficken auf der Stelle. Sie hasste es zutiefst, dass er sie nicht ein einziges Mal im Leben mit einer solchen Leidenschaft angesehen hatte, wie er es bei dieser kleinen Hure tat. Und sie hatte Laura beobachtet. Gesehen, wie unschuldig sie ihn anlächelte, wenn er mit ihr sprach. *Bei Gott, wenn Salvatore die kleine Hure bereits gefickt hatte, dann würde sie vor Emilio alles ausplaudern.* Der Krieg, den beide anschließend führten, wäre ihr scheißegal. Denn in diesem ganzen Durcheinander würde dann niemand auf sie achten, wenn sie der kleinen Hure aus Rache für diesen Fick die Kehle aufschlitzte. Concetta ging zielstrebig auf ihren Mann zu, der in der Nähe der hohen Fenster stand. Sie trat entschlossen vor ihn und warf ihm einen hasserfüllten Blick zu. „Fickst du sie schon?", zischte sie durch die Zähne. Den Schlag hatte sie nicht kommen sehen, als er sie hart auf ihrer linken Wange traf. *Unwillkürlich neigte sie den Kopf nach rechts.*

Salvatore rang mit seiner Beherrschung, als die Tür des *Blauen Salons* erneut aufging und nicht Laura zu ihm zurückkehrte, so wie er es in seiner Verliebtheit gehofft hatte, sondern seine Ehefrau den Salon betrat. *Fuck! Fuck! Fuck!* Er hätte noch ein paar Minuten gebraucht, um seine Fassung wieder zu erlangen, nachdem ihn das kleine Mädchen abermals so emotional aufgewühlt hatte. Denn er wollte nicht, dass irgendjemand bemerkte, was Emilios Verlobte mit ihm anstellte. Er wollte vermeiden, dass jemand sah, wie sehr sie ihn aus der Fassung bringen konnte; und zwar so, dass er jedes Mal nahe dran war, seine Kontrolle zu verlieren. Und gerade, als er sich einigermaßen wieder beruhigt hatte, da knallte ihm sein dummes Weib diese famose Anschuldigung so unverschämt an den Kopf, dass ihm die Lichter ausgingen und die Sicherungen durchbrannten. Er hatte wohl eher im Reflex gehandelt, als er ihr daraufhin mit der flachen Hand eine kräftige Ohrfeige verpasst hat. Irgendwie tat es ihm ja leid. Aber irgendwie hatte sie es auch nicht anders verdient. NIEMAND sprach in diesem abfälligen Ton mit ihm. Auch nicht sein Eheweib. „Pass auf, was du in Zukunft sagst.", war alles, was er daraufhin zwischen seinen Zähnen herauspresste. Seine Worte drangen ihm rau und dunkel aus der Kehle. *Es hörte sich an, wie die Warnung eines Löwen, bevor er das Lamm riss.*

Concetta Capulet richtete den Blick wieder auf Salvatore. Sah wie eine furchtlose Kämpferin zu ihm auf, schließlich war er gut zwei Köpfe größer als sie. Sie wischte sich mit dem Handrücken das Blut von der Lippe ab, die bei diesem festen Schlag sofort aufgeplatzt war. „Guter Schlag.", presste sie gequält über ihre Lippen. „Dann habe ich mich wohl geirrt. Sorry. DU würdest natürlich NIEMALS eine Hure ficken. Und was sie getan hat, dort drüben in London, wissen wir ja beide. Nicht wahr, SCHATZ. Dinge, von denen du bestimmt mehr verstehst als ich.", sagte sie ironisch. „Und große Männer wie du ficken sicherlich keine gewöhnlichen Huren wie sie. Sie hat nicht dein Kaliber. Nicht deine Größe. Und auch nicht deine Sanftmut. Oder etwa doch?"

Salvatore kniff die Augen zu Schlitzen zusammen. Ballte vor Wut seine Fäuste. Hielt jedoch seine Hände dicht über dem Körper, um sich nicht erneut von seinem Zorn leiten zu lassen. *Eine Frau schlug er wirklich nur sehr, sehr ungern. Und auch nur, wenn es sein musste, sie ihn also dazu getrieben hatte.* „Zügle deine Zunge! Und glaub ja nicht, dass ich die Ironie nicht heraushöre. Verarsch mich noch einmal, und du lernst mich richtig kennen.", knurrte er wie ein *Gefährliches Raubtier,* das sich in die Enge gedrängt fühlte.

„So, so... schlägst du mich dann noch mal, nur weil ich eifersüchtig auf diese kleine Hure bin, die Emilio mitgebracht hat? Eine Hure, die ihm schon einmal Hörner aufgesetzt hatte. Eine Hure, die es vielleicht wieder tun wird, sobald sich ein mächtiger Mann an sie heranmacht... ein Mann, der so groß und so mächtig ist wie du... und ihr schöne Augen macht... ständig..."

„Halt den Mund!"

„Aber es ist die Wahrheit. SIE. IST. EINE. HURE! Eine Hure, die den Männern den Kopf verdreht, um sie ins Verderben zu stürzen. Siehst du das denn nicht?!", erwiderte Concetta mutig, die vor Zorn innerlich kochte. Sie hatte zwar Angst vor Salvatore, aber die Wut über sein dummes, närrisches Verhalten war stärker, als die Furcht vor seinen Schlägen und auch seinem Zorn, weil er scheinbar nicht das bekam, was er sich von der kleinen Hure so offensichtlich wünschte. Erhoffte in seiner dummen Verliebtheit, die ihn scheinbar blind machte. Blind und taub! *Sonst würde er ja sicherlich auf ihre warnenden Worte hören, dieser verliebte Narr!*

„Sie kann sich an ihre Vergangenheit aber nicht mehr erinnern..."

„Das macht deshalb aber noch lange keine Heilige aus ihr."

„Aber auch keine Hure. Und jetzt sollten wir dieses sinnlose Gespräch beenden, bevor ich dir erneut zeigen muss, wer hier das Sagen hat."

„Die Wahrheit tut wohl weh, nicht wahr, Schatz?"

„Concetta! Ich warne dich. Ich sage es dir nicht noch einmal!", drohte Salvatore erneut. Hob bereits die Hand an.

Concetta hingegen ignorierte seine Drohungen einfach. Und auch seine drohende Gebärde. Sie drehte sich zum geöffneten Fenster um. Sah hinaus. Erspähte zufällig Emilio und Laura, die Händchen haltend durch den Park schlenderten. Lachten. Anscheinend auch miteinander herumalberten. Sie spürte deutlich, dass sich ihr Ehemann hinter ihr aufgebaut hatte wie ein Gigant. Er stand dicht hinter ihr. Sicherlich sah er ebenfalls zum Fenster hinaus. Beobachtete mit einem faden Beigeschmack das Turteln der beiden Turteltäubchen. „Und? Wärst du jetzt gerne an seiner Stelle? Ficken dürftest du sie aber trotzdem noch nicht, wenn du nicht Ärger mit deiner Schwester haben willst.", flüsterte sie leise. Es war ihr egal, ob er sie erneut schlug. Oder Schlimmeres antatt, weil sie ihn herausforderte. Er verletzte sie in ihrer Ehre und auch in ihren Gefühlen, weil er diese kleine Hure anschmachtete wie ein Narr. *Ein verliebter Narr!* Doch anstatt mit einem erneuten handgreiflichen Übergriff auf sie loszugehen, mit dem sie eigentlich ja in diesem Moment gerechnet hatte, stieß er sie nur grob von sich. Sie trat einen Schritt nach vorn, um ihr Gleichgewicht nicht zu verlieren. Sie drehte sich nicht um zu ihm. Nahm aber deutlich wahr, dass er sich von ihr entfernte und eiligst zur Tür hinüberschritt. Sie hörte, wie er sie aufriss. Hinaustrat. Und sie hörte auch, wie er sie wieder zuzog. *Der Knall raunte wie ein Donnerschlag durch den Raum.*

Während Concetta das verliebte Pärchen *Emilio und Laura* mit hasserfüllten Blicken beobachtete, rollte ihr eine dicke Träne über die Wange. *Gottverflucht!* Sie hatte sich immer gewünscht, *Salvatore Capulet* hätte sie nur ein einziges Mal so angesehen, wie es Emilio bei seiner Verlobten tat. Aber anstatt einen liebevollen Blick zu ernten, musste sie nun mitansehen, wie sich ihr geliebter Ehemann geradewegs in diese kleine Hure verliebte. Und in diesem Moment schwor sie bei allen Göttern, dass sie das zu verhindern wüsste. „Dieses Miststück bekommt meinen Salva nicht…", murmelte sie. Dann drehte sie sich um und verließ ebenfalls den *Blauen Salon.*

***

In derselben Nacht im Schlafzimmer von Salvatore Capulet.

Nachdem Salvatore am Nachmittag fluchtartig den *Blauen Salon* verlassen hatte, ohne seine Frau ein zweites Mal zu schlagen, obwohl es ihn fürchterlich in den Fingern gejuckt hatte, hatte er daraufhin sofort den Personalchef aufgesucht und ihm den Befehl dazu erteilt, Concettas ganzes Hab und Gut aus dem gemeinsamen Schlafzimmer zu entfernen und sie im anderen Flügel des Hauses, also quasi im Gästezimmer neben dem Kinderzimmer seines Sohnes unterzubringen. Er hatte es damit begründet, dass es besser sei, wenn die Mutter in der Nähe ihres kleinen Sohnes schliefe, damit sie so besser über seinen Schlaf wachen könne. Nicht, dass er verpflichtet dazu gewesen wäre, sich seinem Personal zu erklären. Aber er hielt es für besser, ihnen diese kleine Lüge aufzutischen, bevor sie anfingen, hinter seinem Rücken zu spekulieren und zu nuscheln und irgendwelche Gerüchte zu verbreiten und in die Welt zu setzen, die möglicherweise dazu führen könnten, dass sein Neffe irgendetwas in Bezug auf *Laura Montague* hörte, was er aber nicht hören sollte.

Salvatore war so wütend auf Concetta gewesen, als sie ihm vorgeworfen hatte, mit Laura zu ficken, dass er dummerweise dabei die Fassung verloren hatte und unüberlegt darauf reagiert hatte. Er hatte die Kontrolle verloren. Bedauerlicherweise deshalb, weil er ihr dadurch nur einen eindeutigen Beweis geliefert hatte, den er ihr aber nicht liefern wollte. Damit sie ihn jedoch in seiner jetzigen Verfassung nicht mehr beobachten konnte, um ihm weitere Vorhaltungen zu halten, hielt er es für besser, sie aus ihrem gemeinsamen Schlafzimmer eiskalt auszuquartieren. *Sex hatte er ohnehin schon seit einigen Monaten nicht mehr mit ihr gehabt. Auch nicht die nötige Lust dazu.* Aber wie gesagt, sie war die Mutter seines geliebten Sohnes, deshalb konnte er sie nicht wegschicken, obwohl er sie am liebsten nach Rom zu seinem Schwiegervater zurückgeschickt hätte, um sich ihren Anblick und ihre spitzen Bemerkungen in Zukunft zu ersparen. Aber höchstwahrscheinlich hätte das nur ihrem gemeinsamen Pakt mit den Norditalienern geschadet, den er mit Concettas Vater geschlossen und durch die Hochzeit besiegelt hatte. Also entschied er sich spontan dafür, dass für den Moment der andere Flügel des Hauses weit genug entfernt war, um seinen aufgewühlten Geist wieder etwas zu besänftigen. *Auch wollte er sich die boshaften Anspielungen seines Eheweibs in Zukunft ersparen!*

Eigentlich hätte er jetzt zufrieden sein müssen. Dennoch hatte Salvatore in dieser Nacht einen sehr unruhigen Schlaf. Möglicherweise lag es am Vollmond. Möglicherweise aber auch an seiner Verliebtheit. Möglicherweise aber auch an Concetta selbst, die sicherlich schon Rachepläne schmiedete. Wobei er sich sicher war, dass sie es niemals gewagt hätte, ihre Vermutungen und Verdächtigungen laut auszusprechen und Emilio gegenüber zu äußern. *Sie wusste bestimmt, dass er ihr dafür das Genick gebrochen hätte. Gnadenlos!* So vernünftig war sie inzwischen. Schließlich lebte sie schon einige Jahre an seiner Seite. Kannte somit auch seine Einstellung zu solchen Dingen. Auch seine Unberechenbarkeit, wenn er wütend wurde, war ihr wohlbekannt. Und er hätte sich vor seinem Neffen sicherlich in Grund und Boden geschämt, wenn sein dummes Weib diese famose Äußerung vor ihm gemacht hätte. Emilio hätte ihr zwar nicht geglaubt, da war er sich ganz sicher. Aber Salvatore war nicht dumm. Wusste genau, dass das *Saatkorn Eifersucht* mit dieser Mutmaßung gesät gewesen wäre. Egal, wie sehr er diese dummen Verdächtigungen geleugnet hätte. Und niemals würde er zulassen, dass *Concetta Capulet* einen Keil zwischen ihn und seinen Neffen trieb; wegen einem Mädchen, das sein Verstand von sich stieß, egal wie sehr sein Herz darum bettelte, sie einzulassen und sie sich zu nehmen wie *ein Mann, der die Frau an seiner Seite begehrte. Wertschätzte. Liebte. Vergötterte.*

Salvatore wälzte sich im Bett unruhig hin und her. Er fand irgendwie überhaupt keinen Schlaf. Keine ruhige Minute, ohne dass seine sprunghaften Gedanken im Zickzack sprangen. Er richtete sich ermattet auf und stieg aus dem Bett heraus. Es war eine wahre Wohltat, als seine nackten Füße den kühlen Marmorboden berührten. Er hatte das Gefühl, innerlich zu verbrennen. So sehr quälte ihn die innere Hitze, die scheinbar unablässig an seinem Körper empor kroch. Für einen kurzen Moment blieb er auf dem Bettrand sitzen. Dann beugte er sich herunter und griff nach der schwarzen Stoffhose, die vor dem Nachtkästchen auf dem Fußboden lag, und schlüpfte hinein. Er ließ seinen Blick zu der hohen Terrassentür hinüberwandern. Die Umrisse des Zimmers in der Dunkelheit nahm er deutlich wahr, denn der Mond flutete seinen hellen Schein durch die Fenster ins Zimmerinnere. Tauchte sein Schlafzimmer in einen bläulichen Nebel, als läge ein Tuch aus Seide darüber. Er schlenderte zum geöffneten Fenster hinüber. Dabei war jeder einzelne Muskel seines muskulösen Körpers angespannt. Seine eleganten Bewegungen waren in diesem Moment aber in der Tat ein Anblick für die Götter. *Die Hose hing ihm verdammt tief über den Hüften und seine nackten Füße lugten unter den Hosenbeinen hervor. Ein höllisch erotischer Anblick. Wie wahr!* Über dem ganzen Rücken hatte er ein schwarzes Kreuz tätowiert. *Das sah unglaublich schön aus.* Zierte seine nackte Haut. Obwohl das Kreuz an sich mit seiner dunklen Seele im Widerspruch stand. Dennoch ließ es sich der Mafioso nicht nehmen, das Symbol eines guten Christen am Leib zu tragen. Es schmückte den dunklen Fürsten wie einen Edelmann. Sah geheimnisvoll, mystisch, magisch und – *wie gesagt* – höllisch erotisch aus, obwohl er das ganze Gegenteil davon war. Während er nun reglos am Fenster stand und seinen Blick übers Gelände wandern ließ und ihm Tausend Dinge durch den Kopf schossen, da schwor er sich, seine Liebe zu Laura im Keim zu ersticken. Gleich am nächsten Morgen. Doch als ihm die Begegnung im *Blauen Salon* wieder in den Sinn kam und er sich an ihr zuckersüßes Lächeln erinnerte, da schwenkten seine Gedanken wieder um, und er leistete einen erneuten Schwur. *Er würde einen Weg finden, dieses Mädchen zu besitzen, das ihn jede Nacht um seinen Schlaf brachte, seit sie hier aufgetaucht ist.* Und zwar würde es ein Weg sein, der keinen Keil zwischen ihn und Emilio treiben würde. Er müsse nur einen Weg finden, sie sich zu unterwerfen, ohne dass es irgendjemand mitbekam. Und wenn er es geschafft hatte, das Mädchen gefügig zu machen, dann würde er ihr verbieten, mit irgendwem über ihre heimliche Liaison zu sprechen. Und er war sich sicher, dass sie es niemandem verraten würde. Und sollte seine Ehefrau ein Problem für sein geplantes Vorhaben darstellen, das er sich soeben in den Kopf gesetzt hatte, dann würde er ihrem Leben eben ein jähes Ende setzen, was natürlich auch niemand wissen durfte. Vor allem nicht sein Sohn. Daher würde er ihr auch eine große Beerdigung ausrichten, die ihr und seiner Liebe gerecht gewesen wäre. *Im Falle des Falles natürlich!* Aber immerhin hatte sie ja die Möglichkeit, darüber zu schweigen, wenn ihr ihr Leben lieb war.

Dummerweise floss die Geilheit in diesem Moment mit rasender Geschwindigkeit durch Salvatores Adern, so dass er sich kaum noch zügeln konnte. *Er musste sprichwörtlich Dampf ablassen.* Das war ihm bewusst; denn es würde sicherlich noch einige Zeit dauern, bis er Laura soweit hatte, dass er sich bei ihr ausreichend Befriedigung holen konnte. Befriedung und Liebe, die er sich durch eine heimliche Liaison erhoffte. Er drehte sich geschwind um und schritt mit schnellen Schritten zur Tür hinüber. Dann öffnete er sie leise, trat über die Schwelle hinaus auf den Flur und eilte in den anderen Flügel hinüber. Er betrat das Gästezimmer, als er es erreichte, und schloss wiederum leise die Tür hinter sich, nachdem er eingetreten war. Er eilte zum Bett hinüber, in welchem Concetta lag. Sie schlief. Er betrachtete sie für einen kurzen Moment. Ein glänzendes Tuch aus feinster Seide lag über ihr und bedeckte ihren nackten Körper, als hätte man das Seidentuch vorher drapiert. Ihr schwarzes Haar lag ausgebreitet auf dem Kissen, hübsch arrangiert wie ein kunstvolles Blumengesteck. Salvatore griff nach dem unteren Zipfel des Seidentuchs, das seine schlafende Frau bedeckte. Er deckte sie blitzschnell auf und stieg zu ihr ins Bett hinein. Er ließ sich auf ihr nieder und vergrub sie unter sich. Er spürte sofort, dass sie unter dem Gewicht seines gewaltigen Körpers langsam wach wurde. Sie bewegte sich. Ließ ihr Becken kreisen. Presste sich mit ihrem Hintern gegen seine Lenden. Nun richtete er sich auf und zog sie an den Hüften zu sich hoch, bis sie vor ihm kniete wie eine läufige Hündin und er sich kniend hinter ihr befand wie ein Rüde, der das Objekt seiner Begierde besteigen wollte, um sich abzureagieren. Er zerrte seine Hosen herunter. Anschließend drang er ohne zu zögern in sie ein. *Hart und kraftvoll waren seine Stöße, als er sich bei seinem Eheweib austobte; sein starkes Verlangen stillte, das Laura bei ihm ausgelöst hatte.* Als er sich in ihr ergoss, beugte er sich tief über sie; begrub sie erneut unter sich. „Wenn du irgendwem erzählst, ich würde die Kleine ficken, dann breche ich dir das Genick. Sieh es als Warnung an. Und denke an meine Worte.", knurrte er.

Concetta war noch völlig außer Atem. Glücklich darüber, dass Salvatore noch in derselben Nacht, in welcher er sie aus seinem Schlafzimmer verbannt hatte, aufgesucht hatte, um sie zu ficken. „Keine Angst, mein Hengst. Ich erzähle es niemandem. Aber nur unter einer Bedingung: du holst mich morgen in dein Schlafzimmer zurück. Und du fickst mich, anstatt die kleine Hure. Wenn du an sie denkst, während du deinen Schwanz in mich stößt, dann ist mir das egal. Aber ICH will es sein, die dich befriedigt. Denn ICH bin die Mutter deines Sohnes. Und NICHT die kleine Hure...."

Salvatore legte beide Hände um Concettas zierlichen Hals und drückte fest zu. „So, so... du stellst neuerdings also Forderungen.", keuchte er, während er immer fester zudrückte. Er hörte deutlich, wie sie nach Luft rang. Sich unter ihm wand. Röchelte. Er lockerte den Griff. „Ich werde darüber nachdenken. Erwarte meine Antwort morgen früh.", flüsterte er. Dann ließ er von ihr ab, erhob sich und stieg aus dem Bett.

Während er zum Schlafzimmer zurückging, dachte er über Concettas Angebot nach. Nun ja, bis er das kleine Mädchen dazu gebracht hätte, ihm mit ihrem zierlichen Körper zu dienen und dieselbe Befriedigung zu schenken, die ihm Concetta soeben geschenkt hatte, bräuchte er tatsächlich jemanden, der ihn in der Zwischenzeit befriedigte. Und nachdem sich sein Weib in weiser Voraussicht, ein gutes Eheweib für ihn zu sein, nun selbst angeboten hatte, wäre es wohl das Vernünftigste, auf ihren Vorschlag einzugehen. Er war sich zwar noch unschlüssig, was genau er wie machen sollte, aber bis zum nächsten Morgen wüsste er bestimmt, was zu tun war.

Concetta Capulet hingegen schmiedete Pläne, wie sie Salvatores Plan vereiteln könne und ihn als Ehegatten weiterhin für sich allein behalten könnte. Und die einzige Option war es, die kleine Hure zu vergiften, wenn der Augenblick günstig wäre. Zu vergiften oder aber wie eine Kanalratte zu ersäufen. Sie müsse nur den richtigen Augenblick abwarten. Den richtigen Zeitpunkt abpassen, wenn Salvatore gerade wegsah. Denn sehen dürfe er nicht, wenn sie seine kleine Hure beseitigte. Und natürlich dürfe niemand davon erfahren. Der Sex mit Salvatore war schon seit langem nicht mehr so aufregend gewesen wie in dieser Nacht. Dass das kleine Mädchen Laura für Salvatores grenzenlose Geilheit, seine Wildheit und sein italienisches Feuer verantwortlich gewesen war, schob Concetta einfach mal geflissentlich beiseite. Das war unerheblich. Ihr einziges Bestreben war nunmehr, ihren Ehemann für sich zurückzuerobern. Und am Ende müsse die Hure dafür büßen.

Das war so sicher wie das Amen in der Kirche.

Und so schliefen in dieser Nacht beide völlig übermüdet ein, nachdem sie ihre Pläne geschmiedet hatten. *Auch wenn diese nicht konform miteinander liefen.*

Vorgeschichte

Was geschah einige Wochen zuvor in London auf dem herrschaftlichen Landsitz von Emilio Capulet, <u>bevor</u> Laura Montague sprichwörtlich in der Mafiahochburg von Salvatore Capulet auf Sizilien gelandet war?

Der Sizilianer *Emilio Capulet* regiert als Boss der italienischen Mafia in London seine Mafiosi mit harter aber gerechter Hand. In der

Unterwelt wird er von seinen Gegnern gefürchtet. In der Heimat von seiner Familie geliebt. Seine Leute, aber auch seine Feinde nennen ihn ehrfürchtig DEN SIZILIANER.

Emilio erfährt am frühen Morgen, dass ihn seine Verlobte *Julia Montanari* mit seinem Erzfeind, dem Mafiaboss der Russen *Stephan-Nikolai Sorokin* betrügt. Daraufhin lässt er das Liebespaar in einem *Londoner Stundenhotel* ergreifen und in die italienische Mafiahochburg bringen. *Ohne Zweifel – eine unbedachte Handlung, ein kriegerischer Akt gegen die Russen. Somit eine Kurzschlussreaktion des Sizilianers.*

Emilio stellt seine Verlobte im Arbeitszimmer des pompösen Herrenhauses des *Capulet Clans, das sich* auf einem herrschaftlichen Landsitz in der Nähe von London befindet, zur Rede. Bevor er jedoch den Mafiaboss *Stephan-Nikolai Sorokin* der russischen *Mafia SOROKIN* töten lassen kann, ist die Russenmafia – angeführt von einem Iren – auf dem Weg zum *Capulet Clan*, um in die sizilianische Mafiahochburg einzufallen und ihren Boss lebend aus den Fängen des Sizilianers zu befreien. Der Ire *William Cunningham* ist nicht nur Nikolais *Rechte Hand,* sondern auch Nikolais Blutsbruder, weshalb er ihn auch aus der Gefangenschaft der italienischen Bastarde befreien will und deshalb seine Leute geradewegs in den Bandenkrieg mit den Sizilianern führt.

Emilio Capulet befindet sich in diesem Moment, als der Übergriff durch die Russen auf seinem Gelände stattfindet, mit seiner untreuen Verlobten in derem *Goldenen Käfig*; einer luxuriösen Suite, die er allein für sie hatte mit Gold und Juwelen füllen und teurem Mobiliar einrichten lassen. Er möchte ihr vor ihrem Tod unbedingt noch zeigen, welche Reichtümer er ihr zu Füßen gelegt hätte, wenn sie ihm treu geblieben wäre. Nur deshalb hatte er auch kurz zuvor das Arbeitszimmer, in welchem sich sein Gefangener *Stephan-Nikolai Sorokin* unter Aufsicht von *Dimitri Nikolajew* befunden hatte, verlassen und Julia an den Haaren in die oberen Räume der Villa gezerrt. *Julia war bis zu ihrer Untreue sein Ein und Alles gewesen!* Doch nun hatte sie ihr eigenes Todesurteil unterschrieben, weil sie dermaßen gewissenlos gehandelt hatte, indem sie hinter seinem

44

Rücken mit dem russischen Hurensohn gefickt hat. *Das war in den Augen des Sizilianers unverzeihlich!* Dieser schändliche Ehebruch hatte dazu geführt, dass all die Liebe, die durch Emilios Adern geflossen war, mit einem Mal ausgelöscht wurde. *Ausgelöscht, wie es nur ein Flächenbrand vermag, der alles vernichtet, was sich ihm in den Weg stellt; somit wurde seine tiefe Liebe binnen Minuten restlos niedergebrannt.* Alles, was der gehörnte Sizilianer seiner untreuen Verlobten jedoch in diesen Räumen noch zeigen kann, sind die Trümmer und Scherben, die seine einstige große Liebe widergespiegelt hatten. Denn alles, was sich darin an Wertgegenständen und Luxusgütern befunden hatte, hat Emilio während seines Wutanfalls mit dem Vorschlaghammer zerschlagen, als er darauf gewartet hatte, dass man ihm die beiden Sünder bringt.

Emilios *Rechte Hand,* der Russe *Dimitri Nikolajew,* der mit dem russischen Mafiaboss Nikolai im Arbeitszimmer zurückgeblieben war, wird von seinen Männern telefonisch darüber unterrichtet, dass sich eine russische Kolonne auf dem Weg zum *Capulet Clan* befindet und binnen acht Minuten auf dem Gelände eintrifft. *Dimitri schenkt seinem Erzfeind daraufhin in weiser Voraussicht das Leben. Doch nur unter einer Bedingung!* Anschließend macht er sich eiligst auf den Weg zu Emilio, um mit ihm zu fliehen, bevor die Russen auf dem herrschaftlichen Landsitz des Sizilianers einfallen und die Oberhand gewinnen; denn bedauerlicherweise sind die Russen in der Überzahl und es wäre ein Selbstmordkommando gewesen, allein gegen diese Übermacht anzutreten.

Deshalb ist Flucht die einzige Option!

***

Dimitri Nikolajew eilt zu Emilio in die oberen Räume des luxuriösen Herrenhauses, einem herrschaftlichen Landsitz der Sizilianischen Mafia in der Nähe von

45

London, nachdem er das Leben des Russen Stephan-Nikolai Sorokin verschont hatte. Er überspringt hierbei immer wieder zwei Stufen, als er hastig die Treppen hinaufsteigt, um schneller hinaufzugelangen. Denn die Zeit drängt!

***

Dimitri stößt die Tür des Goldenen Käfigs auf, den Emilio für seine Verlobte Julia hatte errichten lassen. Einen Käfig, der nach der Hochzeit ihr bittersüßes Zuhause geworden wäre. Auf dem Fußboden liegt das Mädchen. Sie rührt sich nicht. Ihr blondes Haar rahmt ihr Gesicht ein wie ein wunderschönes Gemälde. Es liegt ausgebreitet auf den Marmorfliesen, als hätte man es um ihren Kopf herum wie ein Blumengesteck arrangiert. Wie ein schlafender Engel hält sie ihre

Augen friedlich geschlossen. Am Fenster steht Emilio

mit dem Vorschlaghammer in der Hand.

Bei Gott, hatte er sie tatsächlich erschlagen?

✳✳✳

Die Flucht vor der
„RUSSISCHEN INVASION"

Dimitri überblickte sofort die Lage, als er sich flüchtig umsah, nachdem er eintrat. Er war vollkommen außer Atem. Schätzte die Situation auch korrekt ein, als er den Raum betrat. *Nun ja, eher hatte er ihn ja wohl gestürmt.* Mit der Hand fuhr er sich unbewusst durch sein dunkelblondes Haar. Fixierte mit seinen grünen Augen seinen Boss, der reglos am Fenster stand und immer noch den Vorschlaghammer in der Hand hielt. „Wir müssen sofort weg von hier. Unsere Leute machen schon den Hubschrauber startklar.", stieß er atemlos aus. Das Wichtigste und auch das einzige, was in dieser äußerst misslichen Lage noch Priorität für ihn hatte, war jetzt, dringendst seinen Blutsbruder zu retten, bevor die verdammten Russen hier eintrafen, um ihm sein Leben zu nehmen, weil er deren Boss gefangen genommen hatte. Gefangen genommen und dessen Leben bedroht hatte. Ein Leben, das Dimitri in weiser Voraussicht verschont hat, nachdem er mit Stephan-Nikolai einen Pakt geschlossen hatte. *Einen Pakt, den Nikolai unmöglich ablehnen konnte! Einen Pakt, den er seinem Erzfeind aufgedrängt hatte.* Und Dimitri war nichts wichtiger, als Emilio lebend hier herauszubringen, nachdem die Russen, welche im Anmarsch waren, eindeutig in der Überzahl gewesen sind. Er hatte seinem Freund vor langer Zeit geschworen, ihn zu beschützen. *Auf immer und ewig!* Und wenn es das Letzte wäre, was er im Leben je tun würde, er würde seinen Schwur niemals brechen und daher seinem Freund bis ans Ende der Welt folgen; *sogar bis in den Tod hinein.* Lebend würden sie sie beide bestimmt nicht ergreifen! Und *Dimitri Nikolajew* hielt sich als Rechte Hand von *Emilio Capulet* immer an seine Schwüre, die er jemals vor ihm geleistet hatte. *Wobei er sich im Prinzip ja immer grundsätzlich an alle Schwüre hielt, die er jemals jemandem gab. Wie ein Ehrenmann!* Wie ein Gigant stand er nun mit seinen fast zwei Metern Größe in diesem Zimmer. Sein lauter Atem raunte durch den Raum wie ein aufbrausender Sturm. Seinem markanten Gesicht konnte man den Ernst der Lage deutlich ansehen. Sein Gesichtsausdruck sah in der Tat ziemlich verbissen aus. „Hast du nicht gehört?! Wir müssen sofort gehen!", brachte er keuchend hervor. *Gottverflucht?! Sein Freund schien nicht zu begreifen, wie knapp die Zeit wurde. Und wie gefährlich jede Minute war, die verstrich, ohne dass irgendetwas passierte.*

Emilio hingegen sah ihn nur stumm an. *Verzweifelt. Enttäuscht. Desillusioniert.* Als die Sonnenstrahlen sein dunkles Haar streiften, schimmerte seine schwarze Mähne in allerlei Farbtönen. Das sah unglaublich schön aus. Und obwohl Emilios verbissenen Gesichtszügen diese enorme Wut und Verzweiflung, die seinen Geist gerade passierten, sofort anzusehen war, strahlten seine schwarzen Augen eine unglaubliche Traurigkeit aus. Der Verrat, den *Julia Montanari* durch ihren Ehebruch an ihm begangen hatte, hatte ihn zutiefst verletzt. In der Seele getroffen. Einen gebrochenen Mann aus ihm gemacht. Binnen Minuten. *Zweifellos!* Dennoch wirkte seine *ganze Erscheinung in diesem betrübten Augenblick eher so, als stünde ein wunderschönes Model anstatt einem eiskalten Killer in diesem Zimmer.*

Dimitri ging eiligst auf ihn zu. Dabei stieg er über Julia hinweg, die immer noch reglos auf dem Fußboden lag. Seine Augen streiften den Kopf des Mädchens. Ein junges Mädchen von gerade mal achtzehn Jahren. Ein Mädchen, das wahrlich so schön war wie ein gefallener Engel. *Allein ihre verdammte göttliche Schönheit vermochte es, Emilios Herz zu vergiften.* Ihn an manchen Tagen sogar nicht mal mehr klar denken zu lassen. Trotzdem hatte Dimitri recht schnell begriffen, dass seinen Freund die Liebe angetrieben hatte, die er für dieses Mädchen gehegt hatte. Eine Liebe, die rasend schnell wuchs. *Monat für Monat. Tag für Tag. Stunde für Stunde wurde sie größer. Scheinbar!* All das Unglück, was am heutigen Tag passiert war, wäre aber niemals passiert, wenn sie ihm treu geblieben wäre. Er hätte sie zwar wie einen Vogel im Goldenen Käfig gehalten, sobald sie verheiratet gewesen wären, aber sie wäre zweifellos ein Vogel gewesen, dem es an nichts gefehlt hätte. Auch nicht an Liebe, die Emilio für diesen Vogel verspürte. *Tiefe Liebe und ein enormes Verlangen! Im Überfluss – wohlgemerkt.* Und davon hatte er reichlich viel gehabt. Das sah und begriff sogar Dimitri, wenn er seinen Freund im Umgang mit seiner Verlobten beobachtet hatte, obwohl er jemand war, der nicht an die wahre Liebe glaubte. Er hielt die Liebe zumindest nicht für etwas, das die Ewigkeit überdauerte. Dennoch glaubte er, dass Emilio seine Julia wohl wahrlich geliebt hatte. Und das muss wohl so gewesen sein, sonst wäre sein Freund bestimmt nicht so dumm gewesen, den Mafiaboss der Russen zu ergreifen, um sich wie ein gehörnter Ehemann und ohne Verstand an ihm zu rächen; schließlich hätte er ja wissen müssen, dass die Russen nicht tatenlos dabei zusehen würden. Auch den Mord an ihrem Boss nicht ungesühnt ließen, hätte er ihn tatsächlich ermordet. *Doch die Vernunft, die ansonsten Emilio angetrieben hatte, war der Liebe haushoch unterlegen gewesen.*

Als Dimitri nun seinen rechten Fuß leicht anhob und über Julias reglosen Körper hinwegsetzte und sein Blick auf deren wunderschönes Gesicht fiel, da sah er sofort, dass sie noch atmete, aber wahrscheinlich bewusstlos zu sein schien. *Erleichterung*

49

durchströmte seinen Körper. Er hatte sie also doch nicht umgebracht. Zumindest noch nicht bis jetzt.

„Ich konnte es nicht tun.", stieß Emilio leise aus. *Seine Stimmfarbe war so facettenreich, wie die Flügel eines schwarzen Schmetterlings. Einem Schmetterling, der mit dem Tode rang und dessen Flügelschlag langsam verblasste.* „Obwohl ich sie hasse…"

Dimitri schnaubte. *Fiel ihm ins Wort.* „Mensch, Bruder. Wir regeln das später. Lass uns jetzt sofort abhauen. Denn in weniger als 8 Minuten ist die russische Invasion hier. Wir sind definitiv zu wenig. Du weißt, dass viele unserer Männer in London, Edinburgh und Dublin unterwegs sind, um deine Aufträge zu erledigen. Einige davon habe ich gestern sogar noch nach Rom, Palermo, Madrid und Berlin geschickt. Bis die alle zurückkommen, machen die uns platt. Wir haben noch nicht einmal eine reelle Chance, wenn wir sie alle sofort zurücktrommeln, um darauf zu warten, bis sie hier eintreffen, damit sie uns Rückendeckung geben können. Es sind einfach zu viele Russen, verstehst du. Aber keine Angst. Ich hab das im Griff. Ich habe nämlich einen Plan. Deshalb müssen wir auch schleunigst von hier abhauen. Hast du mich verstanden?!"

Emilio erwiderte nichts darauf. „Hast du ihn getötet?", fragte er stattdessen.

Dimitri schüttelte den Kopf. „Nein. Das wäre strategisch unklug gewesen. Außerdem hast du gesagt, du willst dich persönlich um ihn kümmern. Und ich wollte dir nicht dazwischen funken… aber lass uns das bitte alles auf dem Weg nach Heathrow bequatschen. Jetzt ist echt keine Zeit dafür."

Emilio nickte. Er ließ den Hammer fallen, ging hastig auf Julia zu, beugte sich herunter, ergriff ihren Arm und zog sie zu sich hoch. Er warf sie sich über die Schultern.

Dimitri verdrehte die Augen. „Ist das dein Ernst?"

Emilio sah Dimitri nicht an. Sagte nur: „Du weißt, dass ich sie noch töten muss. Also kommt sie mit…"

„Dann mach es hier und jetzt. Sie ist nur unnötiger Ballast." Dimitri glaubte nicht, dass er es tun würde. Aber wenn doch, dann wäre jetzt der richtige Zeitpunkt dafür. Denn auf der Flucht vor den

Russen war sie in der Tat ein Klotz am Bein. Am liebsten wäre ihm aber gewesen, er hätte sie einfach dem Mafiaboss der Russenmafia überlassen, dessen Leben er heute verschont hatte. Das machte weitaus weniger Probleme und mehr Sinn; denn im Prinzip war sie diejenige gewesen, die dieses beschissene Problem erst geschaffen hatte. Und wer weiß, welche Probleme sie noch so alles mit sich bringen würde. All das, was heute passiert war, war eine echte Katastrophe. Ein Desaster vom Feinsten. Wie Feiglinge mussten sie fliehen. Aus ihrer eigenen Mafiahochburg! *Welche Schmach!* Dennoch sah sich Dimitri nicht als Feigling an, sondern eher als ein intelligenter Mann, der nur versuchte, Emilio das Leben zu retten und aus dieser ausweglosen Situation herauszukommen. Und er war immerhin ein Mensch, der sofort erkannte, wenn eine Lage aussichtslos war und ein Rückzug die bessere Variante darstellte. Und genau in diesem Augenblick war ein Rückzug mit Sicherheit der beste Ausweg aus diesem Desaster heraus, das sich gerade vor den Pforten des *Capulet Clans* anbahnte. Und irgendwie fühlte er sich schuldig, nicht dafür gesorgt zu haben, dass ausreichend Männer auf der Festung geblieben waren, um die *Capulet Villa* bei einem möglichen Angriff zu verteidigen. Das war ein gravierender Fehler in seiner Planung gewesen. Aber solch ein Fehler würde ihm kein zweites Mal mehr passieren. *Das schwor er bei allen Göttern!* „Töte sie jetzt.", wiederholte Dimitri seine Worte, nachdem sein Freund scheinbar nicht darauf reagierte, was er ihm sagte, und nichtsdestotrotz zur Tür hinübereilte. *Natürlich mit Julia über den Schultern!*

Emilio erwiderte gelassen: „Jetzt ist dafür keine Zeit. Du hast ja selbst gesagt, die Russen kommen." Dann trat er über die Schwelle hinaus auf den Flur und eilte mit Julia zum Hubschrauberlandeplatz, der sich hinter diesem pompösen Herrenhaus befand und den er vorsorglich schon vor Jahren hatte errichten lassen. Um einerseits gemütlicher zu reisen. Und andererseits natürlich auch für derartige Notfälle wie diesen hier. *Ein ‚Fluchtfahrzeug' sozusagen, das durch die Lüfte fliegen konnte!*

Dimitri folgte ihm und war irgendwie froh darüber, dass Emilio das Mädchen nicht getötet hatte. Zumindest *noch nicht.* Er bezweifelte, dass er es noch tun würde, denn dann hätte er es bereits getan, wenn er es tatsächlich auch vorgehabt hätte. *Bestimmt sogar!* Die Zeit dafür und die Möglichkeit dazu hatte er ja ausreichend gehabt. Dennoch war er sich nicht sicher, was Emilio nun mit Julia vorhatte. Eine Ehebrecherin war sie ja nach wie vor. Am liebsten wäre ihm gewesen, er hätte sie dort oben gelassen. *Aber was soll's, nuschelte seine innere Stimme, jetzt war sie schon mal hier. Dann sollte Emilio eben seinen Willen bekommen, wenn ihm scheinbar immer noch so viel an diesem Mädchen lag.*

Als *Dimitri Nikolajew* nun mit dem italienschen Mafiaboss *Emilio Capulet* und dem untreuen Mädchen in den Helikopter stieg, hob er umgehend ab und überflog das Capulet Gelände. *Als ehemaliger Kampfpilot beherrschte Dimitri das Fliegen nahezu perfekt!* Dimitri warf einen flüchtigen Blick nach unten, als sie die Straße sowie die Zufahrtsstraße passierten. *O ja, er sah die russische Kolonne, die auf dem Weg zu ihnen gewesen war.* Sein Plan war zumindest bis jetzt aufgegangen. Und er glaubte auch, dass sich Nikolai an sein Wort halten würde. Er war Russe. Und ein Russe war niemandem etwas schuldig. Aber ihm schuldete er nun ein Leben! Und ein Russe hielt sich immer an das, was er jemandem schuldete, um die Ehre nicht zu verlieren. *Ein Russe beglich immer seine Schuld! Ließ sich nichts nachsagen!*

Emilio Capulet und *Dimitri Nikolajew* flogen bis zum Londoner Flughafen Heathrow und stiegen dort um. Mit dem Privatjet ging es dann weiter nach Sizilien. Von dort aus fuhren sie mit einem BMW zur *Capulet Festung;* ein gewaltiges Anwesen inmitten einer Bergkette – *quasi geschützt von allen Seiten durch die Mutter Natur.* Diese Festung war uneinnehmbar. Egal, wie viele Russen dort vor den Festungsmauern stünden. Außer – *natürlich* – man würde ein Trojanisches Pferd hineinschmuggeln.

Der Schlag auf den Kopf, den Emilio Julia mit dem Vorschlaghammer verpasst hatte, hatte sie nicht getötet, sondern nur in tiefe Bewusstlosigkeit versetzt. Als Emilio in diesem Moment nämlich bewusst geworden war, dass er Julia töten wollte, quasi das Mädchen, das er immer noch abgöttisch liebte, minderte er im Flug die Wucht des Hammers ab, so dass dieser sie nicht tödlich traf. Dass er das Mädchen dennoch am Kopf getroffen hatte, bereute Emilio umgehend. *Umgehend und zutiefst!* Daraufhin ließ er den Hammer in seiner Hand sofort sinken. Durch diesen einen Schlag hatte *Julia Montanari* aber bedauerlicherweise einen Gedächtnisverlust erlitten. Die Ärzte, die das junge Mädchen auf Sizilien konsultiert hatte und die sie behandelt hatten, konnten nichts mehr für sie machen. *Die Erinnerungen waren für immer und unwiderruflich ausgelöscht.* Sie wusste nicht mehr, wer sie war. Und das würde sich wohl nie wieder ändern. Ihr Geisteszustand war aber ansonsten recht stabil. Auch ihr Gesundheitszustand. Das Mädchen erholte sich auf der schönen Insel aber schneller, als es die Ärzte vermutet hatten. Emilio hatte sich dazu entschlossen, ihr zu verzeihen. Er hatte alles getan, um sie zu umwerben. Natürlich hatte er gewusst, dass eines Tages möglicherweise *Stephan-Nikolai Sorokin* mit seinen Russen vor seiner Tür stehen würde, um ihm Julia wieder wegzunehmen; das Mädchen erneut seinen Händen zu entreißen – *ein Mädchen, das er vergötterte.* Doch dann hatte Dimitri eine blendende Idee. Die beiden Männer täuschten Julias Tod vor. Sie ließen einen Totenschein ausstellen und Emilio richtete eine große Beerdigung aus. Natürlich brachte man Julia an einen geheimen Ort, wo sie vorläufig inkognito unter einem falschen Namen lebte. Erst als die Gefahr gebannt war und sich die Russen, die auf Sizilien gelandet waren, zurückgezogen hatten – *sozusagen, die schöne Insel wieder verlassen hatten* – holte er sie auf die Capulet Festung wieder zurück. *Dimitri Nikolajew* wusste als Einziger, dass ihm *Stephan-Nikolai Sorokin* ein Leben schuldig war. Und zwar das Leben von Emilio. Was er Nikolai im Arbeitszimmer gesagt hatte, hatte er seinem Freund nie erzählt. Nichtsdestotrotz war der Pakt ab sofort Bestandteil seiner eigenen Existenz und auch der des Russen, mit welchem er diesen geschlossen hatte. Daher war er sich sicher, dass er nicht versuchen würde, sich an ihm zu rächen, wenn er von Julias Tod erführe. Obwohl er bestimmt nicht glauben würde, dass die Todesursache tatsächlich ein Unfall gewesen war. Dennoch würde er die ganze Sache ruhen lassen – *eben wegen dieses einen Paktes, der ab sofort wie ein Schatten nun beide Männer ein Leben lang verfolgte.*

Emilios Mama erzählte man, dass ein verfeindeter Mafia Clan hinter den Montanaris her gewesen war und die ganze Familie hatte ermorden lassen, um ein Exempel an ihnen zu statuieren. Einzig und allein Julia wurde durch ihren geliebten Sohn aus den Fängen dieser Bastarde befreit. Emilios Mama war zu Herzen gerührt, dass ihr Sohn zumindest seine Verlobte retten konnte. Sie war stolz auf ihr Kind, das in ihren Augen schon immer ein Held gewesen ist. Sie hatte sich rührend um das Mädchen gekümmert, welches ihre ganze Familie verloren hatte, obwohl es gar nicht mehr wusste, dass es eine Familie gehabt hat. *Das arme Ding, hatte die Mama immer wieder gesagt, wenn sie mit ihrem Sohn oder anderen Familienmitgliedern über Julia Montanari gesprochen hatte.* Und so hatte Emilio am Ende doch noch bekommen, was er sich am meisten gewünscht hat, seit er Julia das erste Mal gesehen hatte; auch wenn das Mädchen keine Erinnerungen mehr an ihr früheres Leben hatte. Natürlich war es *Emilio Capulet* schwer gefallen, den Ehebruch zu vergessen. Die Hörner, die ihm Nikolai aber aufgesetzt hatte, verloren mit der Zeit an Bedeutung. Spätestens dann verschwanden diese schrecklichen Erinnerungen an Julias Untreue ganz, als ihm Julia im Irrgarten seiner Festung ihre Liebe gestand, nachdem sie sich rettungslos in den schönen Italiener verliebt hatte, der sie am Straßenrand aufgegabelt hat und ihr ein neues Leben geschenkt hatte. Man hatte Julia nämlich ihre wahre Identität verheimlicht, um das Mädchen zu schonen. *Wer wollte schon wissen, dass er seine ganze Familie auf dem Gewissen hatte. Wer wollte schon wissen, dass er Familienmitglieder verloren hatte und selbst als einzig Überlebender übrig geblieben war? Mit dem Leben davongekommen ist wie ein verdammter Spieler! Vor allem aber die ganze Schuld hierfür trug.* Also war es definitiv besser, es ihr zu verschweigen. Und so wurde über Nacht aus *Julia Montanari* die schöne Italienerin *Laura Montague.*

DER PLAN WAR PERFEKT!

Aber nur fast – wohlgemerkt!

Bei dem ganzen Täuschungsmanöver, das bis ins letzte Detail geplant worden ist, hatte Emilio aber leider nicht bedacht, als er sich seinem Onkel *Salvatore Capulet* im Vertrauen geöffnet und seine Gefühlswelt vor ihm ausgebreitet hatte, dass sich dieser derart in seiner Ehre gekränkt fühlen würde und die Familienehre beschmutzt sähe, so dass er noch am selben Tag Auftragskiller nach London losschickte, um den gesamten *Montanari Clan* tatsächlich auszulöschen und nicht nur so wie Emilio vorzutäuschen, es auch getan zu haben. Einzig und allein *Julia Montanari* ließ er am Leben, da er gesehen hatte, wie sehr sein Neffe das Mädchen liebte und er ihm kein zweites Mal das Herz brechen wollte. Aber er würde sie im Auge behalten. Sollte sie nochmals einen Fehltritt begehen und seinen Neffen mit einem anderen Mann betrügen, dann würde er sie höchstpersönlich zur Hölle schicken. Das schwor er beim Leben seines Sohnes! Da der *Montanari Clan* ein sehr kleiner, schwacher Clan war, entschied er sich für diesen. Der *Sorokin Clan* war nämlich viel zu mächtig. Aber um die Schmach von sich und seiner Familie abzuwaschen, denn die Familienehre stand an oberster Stelle, musste Emilios *Onkel Salvatore* ein Exempel statuieren. Auch wenn Emilio und Dimitri zu diesem Zeitpunkt bedauerlicherweise nicht wussten, was Salvatore vorgehabt hatte. Denn niemals hätten die beiden Männer den Befehl dazu gegeben, eine ganze Familie auszulöschen. Wie gesagt – beide waren im Prinzip gegen das Ermorden von Unschuldigen, Frauen und Kindern. *Aber Emilios Onkel Salvatore war ein italienischer Barbar, der keine Gnade kannte. Ein Mafioso ohne Herz. Er war eiskalt. Eiskalt und gnadenlos. Sowie auch brutal. Fast schon ein Psychopath. Niemand legte sich freiwillig mit ihm an. Wenn doch, zog er immer den Kürzeren. Aber dieser besagte barbarische Onkel war herzallerliebst zu seiner Familie, die ihm das Wichtigste auf diesem Planeten war. Seine Familie und die Familienehre – wohlgemerkt.*

Emilios Mama war entzückt, als ihr Sohn ihr gebeichtet hatte, er habe sich ein zweites Mal in das junge Mädchen verliebt, dessen

Leben er gerettet habe. Einmal in London. Und ein zweites Mal hier – *hier auf der schönen Insel Sizilien.* Ein zweites Mal deshalb, weil er sie doch ums Neue umwerben musste. Schließlich wusste Julia ja nicht, dass sie schon einmal seine Braut gewesen ist und bereits in ihn verliebt gewesen war. Diese kleine Lüge – *beziehungsweise war es ja eher eine Notlüge des Sizilianers* – hinsichtlich der tatsächlichen Verliebtheit des Mädchens zu ihm, die im Prinzip ja gar nicht existierte, während er in London gelebt hatte, hat er seiner Mutter aufgetischt, als er mit ihr gesprochen hatte. Es war so ein *von-Mutter-zu-Sohn-Gespräch Dingens* gewesen. Und Emilio spürte abermals Tausend Schmetterlinge im Bauch, die dort drinnen wild herumtobten und ihn diese tiefe Liebe, die er für Julia einst verspürt hatte, wieder in vollem Umfang verspüren ließen. *Ein Feuer, das von Neuem aufloderte. Eine Liebe, die erneut entflammte. Entbrannte im Herzen des Sizilianers!* Tausend herumtobende Schmetterlinge in seinem Bauch hatten seine erloschenen Gefühle erneut aufblühen lassen, wie es die ersten Sonnenstrahlen mit dem Trubel am frühen Morgen auf den Straßen taten, wenn die aufgehende Sonne die Nacht vertrieb und sich die Innenstädte langsam wieder mit Menschen füllten. *Es kam ihm sogar an manchen Tagen so vor, als liebe er das Mädchen noch intensiver als in London. Der Grund war wohl die Gegenliebe, die er deutlich spüren konnte. Spüren und auch sehen.* Er bat deshalb seine Mama abermals um ihren Segen. Emilio glaubte nämlich, es würde ihm und seiner Ehe Glück bringen, wenn er doppelten Segen bekäme; nachdem das erste Mal ja beinahe etwas schiefgelaufen wäre und es niemals zu dieser Hochzeit gekommen wäre, die er aber innigst herbeigesehnt hatte. Natürlich gab sie ihm seinen Segen, als er sie ein zweites Mal um Erlaubnis gefragt hatte, ob er das Mädchen heiraten dürfte und sie ihm eine gute Schwiegermutter sein wolle. Emilio war überaus glücklich und konnte den Tag der Hochzeit kaum erwarten. *Er zählte schon die Stunden, obwohl er Julia laut Befehl seiner Mama erst an ihrem einundzwanzigsten Lebensjahr ehelichen durfte! Und ein Italiener hörte immer auf seine Mama.* So auch Emilio. Denn eine italienische Mama hielt die Fäden einer Familie immer fest in der

56

Hand. Natürlich hatte Emilio bis zu diesem Termin seine Braut nicht unsittlich angerührt. *Bis auf heiße Küsse und zärtliche Berührungen war alles andere tabu!* Seine Mama war nämlich strickt gegen den Vollzug der Ehe VOR DER EHESCHLIEßUNG. *No Sex until marriage!* Als tiefgläubige Frau war sie überzeugt davon, dass die Entjungferung des Mädchens vor der Ehe ein Frevel gegenüber Gott gewesen wäre und daher Unglück über die ganze Familie gebracht hätte. Und ein anständiger Sohn respektierte immer die Wünsche seiner Mama! So auch *Emilio Capulet. Egal, wie viel eiskaltes Mafioso-Blut durch seine Adern floss.*

Einzig und allein der Russe *Stephan-Nikolai Sorokin* litt jahrelang fürchterlich darunter, weil er das verloren hatte, was ihm im Leben einst so wichtig geworden war. Seine einstige große Liebe *Julia Montanari!*

Aber wer wisse schon, welches Attentat auf das frischverliebte Liebespaar Emilio und Julia das Schicksal als nächstes plante! Das Leben des mächtigsten Mannes der italienischen Mafia neben Salvatore Capulet schien nämlich in der Tat eine Herausforderung für seine Gefühlswelt zu sein.

Und Salvatore Capulet spielte hierbei keine unerhebliche Rolle!

***

RUSSIAN MAFIA

KILLERS

Entführt

***

Welches unmoralische Angebot wird Salvatore seiner

Frau am nächsten Morgen unterbreiten?

Schließlich will sie zurück in sein Schlafzimmer. Und

ER, er braucht definitiv ein Spielzeug, das ihn von

seinen liebestollen Gedanken ablenkt.

***

Am nächsten Tag gegen 8 Uhr morgens...

[Salvatore war in der letzten Nacht ja über seine Frau hergefallen wie ein wildes Tier, um bei ihr seine Geilheit zu stillen. Nun wird er seiner Ehefrau seinen Vorschlag unterbreiten. Und zwar seinen einzigen!]

Salvatore Capulet macht sich auf den Weg ins Gästezimmer zu Concetta. In seinem schwarzen Anzug sieht er tatsächlich so aus wie ein Mafioso. Ein König. Ein Sizilianer, der fest entschlossen ist, seinen Plan in die Tat umzusetzen.

✳✳✳

Die unmoralische Vereinbarung zwischen den Eheleuten

[Der Löwe einigt sich mit dem Skorpion!]

Salvatore Capulet drückte die Türklinke herunter, öffnete die massive Tür zum Gästezimmer und trat über die Schwelle hinein in den Raum. Er warf die Tür wieder hinter sich zu. Der dumpfe Knall raunte wie ein Friedensangebot durch den Raum. Er spürte, wie ihm die Hitze am Körper empor kroch, als sein Blick auf seine Frau fiel, die ein enges, weißes Etuikleid trug. Unbewusst fuhr er sich mit beiden Händen durchs Haar. Atmete dabei tief durch. Concetta stand nämlich am Fenster, so wie auch Laura am gestrigen Nachmittag am Fenster gestanden hatte und ihn dieser höllisch erotische Anblick so aus der Fassung gebracht hat. Sie sah ebenfalls hinaus und rührte sich nicht. *Diese Szene erinnerte ihn dermaßen an die vom gestrigen Tag, so dass sich augenblicklich dieselben Gefühle in ihm aufstauten und seine Geilheit erneut heraufbeschworen.* Allein das schwarze Haar seiner Ehefrau unterschied die beiden ungleichen Frauen voneinander. Und natürlich auch deren Charakterzüge. Salvatore war in diesem Moment jedoch so geblendet von seinen wirren Gefühlen zu dem jungen Mädchen, so dass ihm sein dummer Verstand urplötzlich suggerierte, das kleine Mädchen, das er begehrte, stehe dort drüben am Fenster und warte sehnsüchtig auf ihn. Obwohl sich sein vernebelter Verstand einerseits ja auch nicht getäuscht hatte. Es stand tatsächlich eine Frau am Fenster, die sehnsuchtsvoll auf ihn gewartet hatte. Es war jedoch seine eigene Frau gewesen, die ihn schon sehnsüchtig erwartet hat. *Ihn, den Mafiakönig von Palermo.* Einen Mann, der sich von ihr abgewendet hatte. Und genau diese Frau wollte ihn unter allen Umständen wieder zurückerobern. Und zwar mit allen Mitteln, die ihr zur Verfügung standen. *Egal, wie verdorben es sich anfühlte. Egal, was sie dafür tun müsse.*

Salvatore ließ sich augenblicklich von seiner Wollust leiten. Gab seiner enormen Gier nach, die Tag ein Tag aus durch seine Adern floss. Er ging deshalb wie im Vollrausch hastig auf Concetta zu, packte sie an den Schultern und drängte sie mit seinem gewaltigen Körper gegen die naheliegende Wand. Concetta hingegen stützte sich sofort mit beiden Händen an der Wand ab und presste ihren Hintern fest gegen Salvatores Lenden. Sie spürte den heißen Atem ihres Mannes im Nacken. Bei Gott, sein Atem fuhr ihr am Nacken entlang über den ganzen Rücken herunter, als würde er sie dort zärtlich mit den Händen berühren. *O ja, die Geilheit hatte Salvatore schon wieder einmal sprichwörtlich übermannt!* Wie ein *Gefährliches Raubtier* kesselte er mit seinen Armen die bittersüße Beute ein, die seine Frau für ihn in diesem Moment darstellte. Er rieb sich kraftvoll an ihr; denn sein Blut kochte wahrhaftig bereits die ganze Nacht, als es in Dauerschleife mit rasender Geschwindigkeit durch seine Blutbahnen rauschte. *Ununterbrochen. Und in regelmäßigen Intervallen.* Es jagte ihm das Adrenalin und die Geilheit durch die Venen wie ein Orkan. War eigentlich schon den ganzen Morgen auf dem Weg vom Kopf in seine Lenden gewesen, weshalb es jetzt wie ein Sturm abwärts strömte, nachdem er den Raum betreten hatte und das schöne Trugbild von Laura vor Augen hatte. Ein Bild, das ihn umgehend an sein gestriges Verlangen erinnerte, als ihn die Hure all seine Prinzipien vergessen ließ.

Und seine Ehefrau verkörperte mit jeder Faser ihres Körpers diese schöne Halluzination, welche seine Fantasie augenblicklich beflügelte. Er griff wie im Rausch nach dem Saum ihres Kleides und raffte es ihr über die Hüften. Drängte sich mit der rechten Hand zwischen ihre Schenkel. Bemerkte natürlich sofort, dass sie keinen Slip trug. Eigentlich wunderte es ihn ja nicht. Schließlich versuchte sie bei jeder noch so kleinen Gelegenheit, ihn *in puncto* Sex um den kleinen Finger zu wickeln. Er zog den Reißverschluss seiner Anzughose herunter. *Eigentlich riss er ihn ja herunter, da es ihm nicht schnell genug gehen konnte. Dass er ihn nicht gleich auch noch abgerissen hatte, war wahrhaftig ein Wunder!* Mit nur einem einzigen gewaltigen Stoß drang er in die enge Öffnung seiner Frau ein, als sein harter Schwanz buchstäblich wie ein Raubtier aus der Hose sprang. Unkontrolliert und unbeherrscht begann er nun,

Concetta zu stoßen. *Hart und kraftvoll.* Er benahm sich in der Tat wie ein wildes Tier, das seinen Trieben folgte. Er fuhr ihr ungestüm ins Haar. Zerwühlte es. Wickelte es sich um die Hand und zog ihr den Kopf dabei in den Nacken. *Grob. Fest. Gierig.* „Hier ist mein Angebot.", knurrte er. Seine Worte drangen ihm rau und gefährlich aus der Kehle. *Wie nach einem Donnerhall ließen sie die Frau erzittern, die er soeben gefügig gemacht hatte.* „Du färbst dir dein Haar dunkelblond. Du sprichst nicht, wenn ich dich ficke, sondern gibst dich wie ein kleiner, unschuldiger Engel. Tust alles, was ich dir sage. Spielst mir vor, du seist sie. Ich will weder irgendwelche Vorhaltungen noch Eifersuchtsszenen oder dumme Anspielungen von dir hören. Egal, wo. Egal, wann. Egal, zu welcher Tages- oder Jahreszeit. Ich will einfach nur, dass du so tust, als wärst du sie. Wenn du das alles machst...", sagte er, während er seinen Schwanz tief in sie trieb und fest an ihrem Haar zog, „... dann hole ich dich zurück in unser Schlafzimmer. Und deine gespielte Unschuld sollte echt auf mich wirken, damit ich die Lust nicht auf dich verliere. Wenn du hiervon aber irgendwem erzählst, egal wem, dann breche ich dir dein Genick und schicke dich in kleinen Stückchen zurück zu deinem Vater. Ich erzähle allen, dass du mich betrogen hast und ich meine Ehre wiederherstellen musste. Das wird sogar dein Vater verstehen. Ich werde dich an einem Ort verscharren lassen, den niemand findet. Alle werden mit der Zeit, natürlich nur die, die davon wissen, dieses Grab und dich vergessen. Auch unser Sohn. Er wird nie wieder ein gutes Wort über dich verlieren. Dafür werde ich sorgen. Glaub mir! Aber wenn du mir gehorchst, quasi dein Ehegelöbnis einhältst, so wie ich es soeben von dir gefordert habe, dann gebe ich dir das, was du dir von mir am meisten wünschst. Sex und eventuell auch ein bisschen Liebe. Und? Gehst du auf mein Angebot ein?"

Concetta stöhnte lasziv. Diese Wildheit und das sizilianische Feuer, das sie seit letzter Nacht verspürte, wenn ihr Ehemann sie fickte, waren so gewaltig, dass sie darauf nicht mehr verzichten wollte. *Es war eigentlich ja das erste Mal, dass sie das Gefühl bekam, von ihm begehrt zu werden, auch wenn es nicht sie war, die er am Ende begehrte.* Natürlich hatte es ihr einen kurzen Stich in der

Brust versetzt, als er gefordert hatte, sie solle sich ihr Haar färben, um auch optisch so auszusehen, wie diese kleine Hure, die ihrem Ehemann – *so wie es aussah* – den Kopf verdreht hatte; aber es war alles besser, als von Salvatore mit Missachtung gestraft zu werden. *Sie liebte ihn. O ja, sehr sogar.* Und sie war dazu bereit, für ihn diejenige zu sein, die er sich wünschte, um sein Feuer erneut aufflammen zu lassen. Sie hatte vor langem schon aufgegeben, Liebe von diesem eiskalten und herzlosen Mann zu erwarten. *Aber möglicherweise würde ihr diese Art von Liebe ja jetzt die Erfüllung bringen, nach der sie lechzte. Schon seit einer Ewigkeit gelechzt hatte. Concetta überlegte weiter. Sah in diesem Angebot nur eine zweite Chance für ihr Glück, das ihr seit der Hochzeitsnacht von einer höheren Macht verwehrt wurde. Ob es Gott war, der es ihr nicht gönnte, glücklich zu sein, wusste sie nicht, da sie nicht so gläubig war wie der Rest des Capulet Clans.* Und dann schoss ihr ein weiterer Gedanke durch den Kopf. Sobald sie die kleine Hure vergiftet hätte, weil sie es mehr als alles andere auf der Welt verdiente, würde sie alles dafür tun, aus sich buchstäblich eine *Laura Montague* zu machen, um ihrem Ehemann zu geben, wonach es ihn dürstete. Sie würde ihn in dem Glauben lassen, sie sei das Mädchen, das er begehrte. Ihm das beste Schauspiel seines Lebens bieten. Vorspielen, sie sei die Frau, die ihn glücklich machen könne. Ihn täuschen wie eine Diva. Blenden, wie einen liebestollen Narren! *Und er würde es ihr abnehmen.* Wenn auch nur in der reinen Vorstellung und seiner verruchten Fantasie. Concetta konnte sich noch gut an den *Alfred Hitchcock Film* erinnern, in welchem eine Frau ebenfalls zu einer anderen Frau geworden war, um die Liebe eines Mannes zu erlangen. Möglicherweise würde es sie ja auch glücklich machen; dieser exotische Umstand innerlich sogar ein Stück weit befriedigen. *Zumindest ihr gekränktes Herz besänftigen. Trösten.* Und nichts war schlimmer, als in dieses Gästezimmer verbannt worden zu sein wie ein nutzloser Lumpen. *Ein grauenhafter Gedanke. In der Tat eine fürchterliche Vorstellung.* Denn sie liebte Salvatore schon, seit sie ihn das erste Mal gesehen hatte. Und ihr Vater hat aus ihr eine glückliche Frau gemacht, als er sie mit diesem mächtigen Sizilianer verheiratet hatte. Auch wenn das Leben an seiner Seite nicht immer rosig gewesen ist. Aber jetzt, jetzt würde sie das Beste aus diesem Albtraum machen, den *Laura Montague* in ihrem Inneren ausgelöst hatte. „Ja. Ich gehe auf dein Angebot ein.", seufzte sie und presste ihren Hintern noch fester gegen Salvatores Lenden, um seinen Schwanz noch tiefer in sich aufzunehmen. Noch intensiver zu spüren. Und als sie seine harten Stöße erneut spürte, stöhnte sie ganz leise. Wand sich unter ihm wie eine Schlange. Sprach ihn nicht an, um ihm zu zeigen, dass sie bereit dazu war, all seine neu aufgestellten Regeln zu beachten. *Als er kam und gleichzeitig auch ein gutturaler Laut seine Lippen verließ, da spürte sie ebenfalls eine enorme Befriedigung, die durch ihren Körper strömte.* Sie hielt sich immer noch an der Wand fest. Presste sich mit beiden Händen dagegen, obwohl Salvatore sich bereits von ihr gelöst hatte. Sie hörte seine Schritte auf dem Marmorboden, als er auf die Tür zuging. Sie hörte auch, dass er sie nochmals ermahnte, sich an ihre Vereinbarung zu halten. Dann trat er hinaus und zog die schwere Tür hinter sich wieder zu. Concetta atmete erleichtert auf. Der erste Teil ihres Schwurs, den sie vor sich selbst geleistet hatte, war bereits in Erfüllung gegangen. Sie würde Salvatore Zug um Zug zurückerobern. *Seine ihr zustehende Liebe hart erkämpfen – sozusagen.* Der zweite Teil ihres Schwurs war der sichere Tod der kleinen Hure. Dieser Teil wäre mit Sicherheit der schwerste. Und sie dürfe ihn noch nicht gleich in die Tat umsetzen. *Auf keinen Fall!* Aber das war ihr egal. Sie wusste, es würde passieren. Eines Tages bestimmt! *Salvatore Capulet* hatte Lauras Todesurteil im selben Moment unterzeichnet, als er ihr dieses unmoralische Angebot unterbreitet hatte.

Concetta Capulet machte sich nun fröhlich auf den Weg in die Stadt zum Friseur, und zwar in Begleitung von *Laura Montague.* Denn Concetta war nicht dumm. Sie wollte das Vertrauen des kleinen Mädchens gewinnen, um ihren Plan erfolgreich umzusetzen. Außerdem wollte sie für Salvatore nicht nur ihr Haar färben lassen, um so auszusehen wie die kleine Hure, sondern sie wollte alles tragen, was auch das Mädchen gerne trug. Alles kaufen, was auch das Mädchen gekauft hätte, wenn man sie hätte alleine losziehen lassen. Alles anziehen, was ihr gefiel. Auch langsam in ihren verqueren Gedanken durchsteigen. Ihre Gewohnheiten annehmen. Sich ihre Gedankengänge fest einprägen. Sie studieren. Sich auch ihre Mimik aneignen. Das Lächeln einstudieren. In ihrer Tonlage sprechen. Lachen. Singen. In ihrer anmutigen Art, sich so graziös wie eine Prinzessin durch die Villa zu bewegen, gehen. Laufen. Tänzeln. Quasi in allem so sein wie sie. *Einfach alles über diese kleine Hure in Erfahrung bringen, was es in Erfahrung zu bringen gab.* Und somit war Concetta auf dem besten Weg, *Laura Montague* zu werden, indem sie sie perfekt imitierte. *Optisch auf jeden Fall!*

Sie wollte aus sich DIE Frau machen, die ihr Mann liebte, um am Ende die Frau zu sein, die ihr Mann lieben würde!

Und um in Zukunft die Gesellschaft ihres *geliebten Mannes* auch außerhalb des Schlafzimmers zu genießen, wollte sie Laura vorläufig zu ihrer besten Freundin machen. Denn es war gewiss, dass Salvatore unabdingbar ihre Nähe suchen würde, wenn auch die kleine Hure in ihrer unmittelbaren Nähe wäre.

***

Einige Tage später...

***

Kurz vor Mitternacht im Irrgarten der großen Parkanlage des Capulet Clans auf Sizilien.

[In der Nähe von Palermo, Sizilien: Auf dem herrschaftlichen Landsitz des Capulet Clans – außerhalb der Stadt!]

Emilio schlendert mit Laura durch den Park, um sich mit ihr die Sterne anzusehen.

***

Liebesschwüre unter dem atemberaubend schönen Sternenhimmel von Sizilien!

Emilio Capulet fuhr sich unbewusst mit seiner rechten Hand durch sein dunkelbraunes Haar, welches mit schwarzen Strähnen durchsetzt war; wobei es in der Finsternis, von der er in diesem Bereich des Irrgartens umgeben war, schon fast tiefschwarz aussah. Trotzdem war es Emilio möglich, noch die Umrisse der Parkanlage in der Dunkelheit gut zu erkennen. Auch Lauras Gesicht, die fröhlich neben ihm herlief wie ein kleines Kind und ihren Kopf immer nach oben gerichtet hielt, um sich die Sterne anzusehen. *Unendlich viele Sterne, die das junge Mädchen faszinierten und die in völliger Finsternis am schönsten leuchteten.* Deshalb war er auch mit ihr hierher gegangen, weil hier keine Lichter brannten, die den atemberaubenden Anblick getrübt hätten. Auch das sanfte Licht der Außenbeleuchtung der Villa nur dezent durch die hohen Zypressen, Bäume und Büsche hindurchdrang, quasi nur ganz leicht hindurchschimmerte, wenn man den Blick auf die Villa gerichtet hielt, die auf der Anhöhe wie ein Märchenschloss zum Himmel ragte. Und der Sternenhimmel auf Sizilien war atemberaubend, wenn man ihn in vollkommener Finsternis um sich herum betrachtete. Ein Anblick, den man nicht so schnell vergaß, wenn man es einmal schon gesehen hatte. *Wunderschön! Magisch! Märchenhaft!* Emilio liebte es, sich mit Laura die Sterne anzusehen. Er kannte keine Frau, keinen Menschen, der dieses Phänomen des Himmels mit einer solchen Faszination bewunderte wie sein kleines Mädchen Laura. Eine sehr junge Frau von gerade mal achtzehn Jahren, die er über alles liebte. Und nachdem sie sich vor geraumer Zeit gegenseitig die Liebe geschworen hatten, war sie in der Tat der größte Schatz, den er jemals besessen hatte. Während er sie nun betrachtete, huschte ihm immer wieder ein Lächeln über die Lippen. *Bei allen Göttern, er liebte es, sie so glücklich und zufrieden zu sehen.* Sie war ein Mädchen, das schon allein mit dem Anblick der Sterne zufrieden war. Man konnte sie mit Kleinigkeiten glücklich machen wie keine andere. Das lag aber auch daran, dass sie viele Dinge gar nicht mehr kannte, weil ihr das Wissen darüber verloren gegangen war, und es ihm manchmal sogar so vorkam, als wäre sie ein kleines Kind, dem man alles erklären musste, was es soeben Neues entdeckt hatte. Es war nicht wirklich viel, was sie bereits kannte, schon mal gesehen oder gehört hatte. Sie hatte sehr, sehr viel vergessen, was man ihr deshalb neu beibringen musste. Außer ihrer Muttersprache, die beherrschte sie glücklicherweise nach wie vor perfekt. Und wie ein Wunder auch Englisch. Bedauerlicherweise hatte sie ja aufgrund des unglücklichen *Unfalls,* an dem er die ganze Schuld trug, ihr Gedächtnis verloren. *Die Lücken waren zwar sehr groß, dennoch hatte sie – wie gesagt – die Sprache nicht verlernt und die wesentlichen Dinge, die ein Mensch in diesem Alter wissen musste, beherrschte sie ebenfalls. Essen. Trinken. Waschen. Stuhlgang. Schlafen. Lachen. Sich mitteilen, wenn sie Schmerzen hatte wie Kopfweh zum Beispiel. Der allgemeine Wortschatz beider Sprachen war da. Natürlich fehlten hier und da einzelne Puzzleteile, die sich durch zahlreiche Gespräche und den Umgang mit der Capulet Familie langsam wieder zusammensetzten.* Aber sie konnte weder rechnen noch lesen, geschweige denn schreiben. Bedauerlicherweise hatte sie beides nach dem Schlag auf den Kopf vergessen. An die Sterne schien sie sich auch nicht mehr erinnern zu können, denn sie war so begeistert gewesen wie ein kleines Kind, als sie sie das erste Mal während eines nächtlichen Spaziergangs im Park wahrgenommen hatte. Dass sie nicht alle Blumenarten kennen konnte oder dergleichen, war ihm ja klar gewesen. Dennoch war Emilio damals ein klein wenig geschockt gewesen, als er gesehen hatte, was er ihr beziehungsweise ihrem Gedächtnis und ihrem Allgemeinwissen durch diesen einen Schlag alles angetan hatte. Dass sie sich an ihre Familie nicht mehr erinnern konnte, war für ihn ein wahrer Segen. Denn wie hätte er ihr erklären können, ohne dass sie ihn hasste, sein Onkel hätte alle umbringen lassen. Dass sie sich an diesen einen bestimmten Russen, der ihm Hörner aufgesetzt hatte, nicht mehr erinnern konnte, bedauerte er logischerweise nicht. *Dass sie sich in ihn verliebt hatte, war ein Geschenk Gottes. Ein Geschenk, das er in Ehren halten würde. Das schwor er bei allen Göttern!* Während Emilio nun neben Laura herschlenderte und verstohlen nach vorne blickte, war er so in Gedanken versunken, dass er gar nicht bemerkte, dass sie sich langsam von ihm entfernte. *„Du hörst mir ja gar nicht mehr zu.", hörte er sie plötzlich sagen und sah wieder zu ihr hinüber, da sie sich gerade mehrere Schritte von ihm fortbewegt hatte, um den Himmel in totaler Finsternis zu beobachten.* Er tat sich im ersten Moment sichtlich schwer, sie vor dem Gebüsch, das sich hinter ihr aufbaute wie eine Mauer, zu erspähen, da die Schatten der Bäume und Sträucher mit den Konturen ihres zierlichen Körpers verschwammen. Und da beide schwarze, legere Kleidung trugen, passten sie sich perfekt ihrer Umgebung an. Mit bloßem Auge etwas schwieriger zu erkennen - *sozusagen*. Aber nur, wenn man nicht konzentriert hinsah. „Wo bist du denn genau?", rief er in die Dunkelheit hinein.

Laura lachte und trat unter einer großen Zypresse in den Lichtkegel hinein, der von der oberen Veranda aus über den vorderen Bereich des Parks fiel. „Hier.", rief sie und winkte ihm zu. Sie war so glücklich mit Emilio. *Am glücklichsten jedoch, wenn er sich gemeinsam mit ihr die Sterne ansah. Mit ihr sprach. Herumalberte.* Am meisten jedoch, wenn er sie abends nach diesen nächtlichen Spaziergängen aufs Zimmer begleitete, weil sie dann immer einen leidenschaftlichen Gute-Nacht-Kuss von ihm bekam. *O ja, auf den freute sie sich schon ganz besonders!* Und sie würde auch niemals vergessen, wie ihr Emilio vor einigen Wochen erklärt hatte, was überhaupt ein Kuss sei. Und auch niemals vergessen, wie es sich angefühlt hatte, als sie den ersten von ihm bekam.

Emilio eilte mit schnellen Schritten auf Laura zu und umarmte sie. Drückte sie fest an sich. Sah zu den Sternen hinauf. *„Und? Wie heißt der dort oben, gleich neben dem kleinen Wagen? Weißt du es schon? Du wolltest es doch nachlesen.", hörte er sie fragen.* Er beugte sich zu ihr herunter. Ihr warmer Atem kitzelte ihn am Hals. Ihr seidiges Haar am Kinn. „Nein. Ich weiß leider immer noch nicht genau, wie er heißt.", sagte er leise. „Aber wenn ich könnte, dann würde ich ihn für dich von dort oben herunterholen, um ihn dir zu Füßen zu legen.", flüsterte er ihr ins Ohr.

Laura spürte den warmen Atem des Sizilianers direkt am Ohr. Das löste natürlich gleich ein leichtes Kribbeln, welches sie mit enormer Intensität am ganzen Körper spürte, aus. Ein leichtes Beben, das sie schon seit geraumer Zeit verspürte, wenn sie mit Emilio zusammen war. Natürlich wusste sie instinktiv, dass es die Geilheit war, die sie vorantrieb. Und es gab sicherlich viele Dinge, an die sie sich nicht mehr erinnern konnte, aber an die Liebe und alles was dazu gehörte, das schien wohl ein Instinkt zu sein, der in ihrem tiefsten Inneren schlummerte und immer wieder ausbrach und zum Vorschein kam, um sie darüber aufzuklären, wenn sie sich insgeheim Fragen stellte und versuchte, diese Gefühle zu ergründen. Es war wie eine Eingebung. Eine innere Stimme, die zu ihr sprach. O ja, die Liebe war ein seltsames Spiel, aber auch ein faszinierendes Gefühl, das sie in einem auslöste. Man glaubte tatsächlich, jemand wohne im Herzen des anderen und trommle wild umher. *Denn genau so fühlte es sich an, wenn Liebe und tiefe Zuneigung durch den Körper strömte.* Und als ihr Emilio vor einigen Tagen erklärt hatte, dass man Schmetterlinge im Bauch habe, wenn man verliebt sei, da wusste sie, dass Tausend kleine, bunte Schmetterlinge in ihrem Bauch tanzten, wenn sie an Emilio dachte und mit ihm zusammen war. „Sterne kann man aber nicht vom Himmel holen. Denn wenn man es könnte, wäre sicherlich kein einziger mehr dort oben, um so schön zu leuchten und zu glitzern wie das Diamantkollier, das du mir gestern geschenkt hast.", sagte sie scherzend. Sie strich sich mit der Hand über die Brillantkette. Eine Kette, die sie von ihm als Zeichen für seine tiefe Liebe und Zuneigung bekommen hatte. *Und zwar, weil er es nicht schaffte, ihr einen Stern vom Himmel zu holen. Das hatte er zumindest gesagt. An jenem Abend.* Aber er konnte ihr dafür alle Edelsteine dieser Welt zu Füßen legen. So hatte er es immer begründet, wenn er ihr ein schönes, teures Schmuckstück kaufte. Egal, ob Perlen oder Diamanten.

Emilio fuhr ihr mit seinen Händen durchs Haar. Er zerwühlte es. Spürte, wie ihm vereinzelte Haarsträhnen wieder aus den Fingern glitten. *O mein Gott, es fühlte sich tatsächlich so an wie Seide.* Er beugte sich vor, hob mit seiner Hand ihr Kinn an und gab ihr einen zärtlichen Kuss auf den Mund. „Ich weiß, *Babe*. Aber nur, weil ich dir alle heruntergeholt hätte." Er küsste sie daraufhin zärtlich. Löste sich aber wieder von ihr. Etwas, das er gelernt hatte. Wenn ihn die Geilheit nämlich am schlimmsten plagte, musste er ihr widerstehen, indem er sich vorsorglich und in weiser Voraussicht von ihr entfernte, um nichts Dummes und Unüberlegtes zu tun. Denn er war sich sicher, täte er es nicht, sich entfernen, er dann über sie herfallen würde wie ein *Gefährliches Raubtier*. Ein wildes Tier, welches nur seinen Trieben folgte. Und er war ein Mann, der unheimlich geil auf sie war. Ein Mann, der es kaum noch erwarten konnte, Sex mit ihr zu haben. Ein Mann, dessen Durst nicht gestillt werden konnte und der ständig nur an das EINE dachte. Sich zwar in Beherrschung übte, es ihn aber jedes Mal unglaublich viel Anstrengung und Mühe kostete. Und all das hatte sie aus ihm gemacht. *Ganz, ganz langsam.* Er spürte, wie ihm der aufkommende Wind in dieser lauen Sommernacht durchs Haar fuhr. Seine innere Glut langsam zum Erlöschen brachte. Eine Abkühlung, die genau im rechtzeitigen Augenblick gekommen war.

Laura gefielen diese nächtlichen Spaziergänge unter dem Sternenhimmel. Sie liebte diese lauen Sommernächte. Nächte, die so romantisch waren wie diese hier. In diesen Nächten hatte sie das erste Mal den Wind gespürt, überhaupt erst begriffen, was das bedeutete, wenn er ihr sanft durchs Haar fuhr; auch die Geräusche der Grillen erklärt bekommen. Den Mond gesehen, der sie unglaublich fasziniert hatte. Vom ersten Augenblick an. *Wie konnte ein Mond an manchen Tagen nur so voll erscheinen und an anderen war er wiederum gar nicht mehr zu sehen, bis er sich langsam wieder mit Licht füllte.* Das war etwas, was ihren Verstand ganz schön überfordert hatte, als es Emilio ihr erklärt hat. Vor allem aber freute sie sich in diesen Nächten über die sanften, wilden Küsse, die sie währenddessen und auch danach von Emilio immer bekam. Auch wenn sie sich wünschte, sie bekäme ein bisschen mehr von ihm. Etwas, dass ihre Geilheit dämpfte. Etwas, dass ihren Herzschlag regulierte. Etwas, das er ihr leider noch nicht geben konnte.

Beziehungsweise durfte. Etwas, das sie nicht so recht verstand. *Denn wieso dürfe man nicht auch Sex miteinander haben, wenn man sich doch auch küssen durfte?* Was Sex ist, das wusste sie inzwischen. Darüber hatte Emilio bereits mit ihr gesprochen. Sie hatte zwar noch nie Sex gehabt, aber es musste etwas Schönes sein, wenn es das besänftigte, was gerade in ihr tobte. Eine wilde Bestie scheinbar, die unbedingt körperlich geliebt werden wollte. Und die Geilheit strömte durch ihren Körper wie ein Sturm. Ein gewaltiger Orkan, der besänftigt werden musste. Es war in der Tat unten – *also zwischen ihren Schenkeln* – am stärksten zu spüren. Aber sie war geduldig. Und würde darauf warten, bis Emilio sie in diese Dinge einführte. *Ganz, ganz langsam.* Das dauerte aber noch. Denn all diese Dinge dürfte er ganz offiziell erst nach der Hochzeit mit ihr tun. Auch wenn sie die Bedeutung des *Wörtchens offiziell* nicht so recht verstand. Und heiraten wollte er sie erst, wenn sie das einundzwanzigste Lebensjahr erreicht hatte. Obwohl sie sich etwas schwertat, diesen Zeitraum richtig einzuschätzen. Wie lange dauerte es überhaupt, bis drei Jahre vergingen? *Ob ihre wilden Triebe sie bis dahin umbrächten, wusste sie nicht. Aber sie hoffte, diesen Durst nach Sex bis spätestens dann gestillt zu haben, auch wenn sie sich selbst nicht erklären konnte, dass es ihre ganz normalen Triebe waren, die diese Geilheit in ihr auslösten.* Etwas, worüber sie aber in kleinen Schritten aufgeklärt werden sollte. So hatte es zumindest Emilio beschlossen und auch immer begründet, wenn zufällig das Gespräch auf Sex gefallen war. Wie gesagt, Laura verstand nicht so recht, weshalb das so ein kompliziertes Ding war mit der Liebe, wenn sie doch so offensichtlich in einem tobte. *Deshalb konnte es doch nichts Unrechtes sein. Nichts Verbotenes. Nichts Verdorbenes. Nichts, was man nicht auch schon vor der Eheschließung tun dürfe.* Aber sie vertraute Emilios Worten und übte sich daher in Geduld. „Liebst du mich?", fragte sie plötzlich.

Emilio lupfte sie hastig auf die Arme und drehte sich unter dem Sternenhimmel im Kreis. Eine stürmische Böe fuhr Laura dabei ins Haar und ließ es im Wind tanzen. *Und ihr Haar fühlte sich in der Tat an wie Seide.* Es streichelte ihn sanft im Gesicht, wenn die

Haarspitzen seine Wangen streiften. „Das weißt du doch, Prinzessin. Ich lege dir meine Welt zu Füßen. Und das würde ich für keine andere Frau machen.", knurrte er leise und knabberte an ihrem Ohrläppchen herum. Doch als er bemerkte, dass ihn die Wollust wieder anheizte, etwas Dummes zu tun, da ließ er sie ruckartig wieder herunter. „Wir sollten wieder reingehen.", sagte er leise. Er spürte, wie er mit seiner Gier nach ihr innerlich kämpfte. Sie versuchte zu unterdrücken. Wie auch schon all die Wochen zuvor. Als würde er gegen wilde Bestien antreten. *O nein, er würde keinen Fehler machen.* Deshalb wollte er auch warten. Quasi die Zeit absitzen, bis sie sein Eigentum wurde und er mit ihr im Schlafzimmer machen dürfe, was er wolle. Und er hatte schon große Pläne, wie er sie in die Liebe und den Sex einführen würde. Und er war überzeugt davon, dass es großartig werden würde. Andere Frauen interessierten ihn nicht mehr, weshalb er sich auch nicht mit anderen Frauen traf, um sich an ihnen sexuell abzureagieren. Er wollte sich ganz einfach für diejenige aufsparen, die er liebte. Und das war eindeutig seine *Laura Montague.* Das war zwar ein bisschen altmodisch, aber Emilio war es egal. *In puncto* Sex war er gerne ein bisschen altmodisch, weil er spürte, dass die Enthaltsamkeit seine Geilheit von Tag zu Tag schürte. Es war wie ein tolles Geschenk, auf das man sich freute. Man konnte es wahrlich kaum abwarten, es endlich in Händen zu halten. Und dieses enorme Glücksgefühl wäre mit Sicherheit größer, wenn man nicht schon vorher am Geschenk schnupperte. Er begnügte sich deshalb mit der Vorfreude, die sprichwörtlich am längsten währte. Das redete er sich zumindest ein, um es sich leichter zu machen, darauf zu warten. *Und er konnte es in der Tat kaum erwarten und sehnte diesen Tag herbei! Mehr als alles andere auf der Welt.* Abgesehen davon würde ihm seine Mutter ohnehin die Hölle heiß machen, wenn er sie vor der Hochzeit unsittlich berührte. *Sozusagen – entjungferte.* Denn nur er, Dimitri und Salvatore wussten, dass sie keine Jungfrau mehr war. Seiner Mama hatte er diesen Fakt lieber verschwiegen, um zu vermeiden, dass unnötige Fragen aufgeworfen wurden, die er nicht beantworten wollte, um Laura dadurch vor seiner Mutter nicht indirekt ins schlechte Licht zu rücken.

Laura nickte. Packte ihn bei der Hand wie ein kleines Kind seine Mama. Sie liebte es, wenn sich seine und ihre Finger regelrecht ineinander verkeilten. Richtig eisern hielt sie sich an ihm fest. Als hätte sie Angst, ihn zu verlieren, wenn sie den Griff lockerte. *O ja, sie fühlte sich in seiner Nähe geborgen. Geliebt. Begehrt.* Kurz bevor sie die hohen Treppen erreichten, die zum pompösen Eingang der Villa führten, ließen seine Worte sie aber auf einen Schlag zu Eis erstarren. Sie hielt abrupt in der Bewegung inne und sah ihn an. *Flehend. Mit den Tränen ringend. Hoffnungsvoll, dass er seine Entscheidung doch noch revidierte.* „Bitte nicht, Emilio. Lass mich nicht hier alleine zurück.", flüsterte sie weinerlich.

Emilio hatte nicht mit Lauras unberechenbarer Reaktion gerechnet. Einer Reaktion, die ihm unwillkürlich den Schauer über den Rücken jagte. Es kam für ihn in diesem Moment völlig unerwartet. *Überraschend. Unpassend in jedweder Hinsicht.* Dennoch hatte er keine andere Wahl. Er legte seine Hand behutsam auf Lauras rechte Wange und streichelte sie wie ein kleines, verängstigtes Kätzchen. „Ich bin doch nur ein paar Wochen lang weg, *Babe…*"

„Nimm mich mit nach London.", fiel sie ihm ins Wort. „Bitte." Flehend sah sie ihn an.

„Das geht leider nicht. Es ist viel zu gefährlich…"

„*Gefährlich?* Aber wieso denn gefährlich? Ist London denn ein so gefährlicher Ort? Eine Stadt, in der man Angst haben muss? Um sein Leben? Das verstehe ich nicht."

Gottverflucht! Wie könne er ihr nur erklären, logisch begründen, dass er sie unmöglich an diesen Ort mitnehmen kann. Nicht JETZT. Auf gar keinen Fall zu diesem äußerst ungünstigen Zeitpunkt! Er müsste ihr ansonsten nämlich beichten, dass er erst einmal diesen Ort wieder sichern müsse. Säubern von den Russen. Das war unmöglich! Und ihm war klar, dass *Stephan-Nikolai Sorokin* nicht zögern würde, ihm Laura wieder seinen Händen zu entreißen, wenn er sie zufällig sähe. Sähe, dass sie noch lebte. Er würde sie ihm ohne Skrupel wieder wegnehmen. Das wusste er genau. *Aber wie sollte er es ihr logisch begründen, ohne ihr all das zu verraten, was sein Gewissen plagte. Er wäre gezwungen, die Wahrheit aufzudecken. Aber wollte er das? Nein! Sollte er ihr tatsächlich alles sagen? Beichten? Jetzt, wo sie sich doch in seiner Nähe so sicher fühlte. Vor allem aber an diesen russischen Bastard gar nicht mehr erinnern konnte. O nein! Das ging gar nicht.* DAS konnte er ihr doch unmöglich sagen. Unmöglich sagen, wie gefährdet ihre Sicherheit in London wäre. Gefährdet, obwohl sie an seiner Seite ist! *Das war schier unmöglich!* Dieser Hurensohn würde sie sicherlich kidnappen, wenn er sie in SEINE STADT – *wahrlich eine der fantastischsten Weltmetropolen der Erde* – mitnehmen würde, in der er sich vor diesem bescheuerten Vorfall, *dieser lächerlichen Flucht vor der Russischen Invasion* – für die er sich übrigens nicht schämte – selbst immer stark und mächtig gefühlt hatte. Ein Umstand, den er unbedingt wieder herstellen müsse. *Zwingend sogar!* Und bedauerlicherweise wäre es sicherlich auch noch eine sehr blutige Angelegenheit, in der Anfangsphase der Zurückeroberung seiner Gebiete jedenfalls, die Russen in Schach zu halten. Oder gar von seinem Anwesen wieder zu vertreiben. Wobei ihm *Dimitri Nikolajew,* seine *Rechte Hand,* versichert hatte, dass es eine Leichtigkeit wäre, seine rechtmäßigen Gebiete zurückzuerobern. Nun ja, Emilio hatte sich hier voll und ganz auf Dimitri verlassen, wobei er selbst ein bisschen bezweifelte, dass alles so unkompliziert über die Bühne laufen würde, wie es sein Blutsbruder aber behauptete. „Nein, *Babe.* Gefährlich ist es nicht direkt. Aber glaub mir, du würdest dich dort nur langweilen. Ich wäre ständig mit Dimitri unterwegs. Du müsstest die ganze Zeit alleine sein. Denn es gibt dort für mich dringende Geschäfte zu erledigen und Termine, die ich einhalten muss. Zu denen ich dich aber leider nicht mitnehmen kann. Du wärst in diesem Fall nur eine Belastung für mich, weil ich mich dann nicht auf meine Arbeit konzentrieren könnte. Mich ständig dir gegenüber verpflichtet fühlte, bei dir zu sein. Jede einzelne Minute. Schließlich wäre ich mit meinem Kopf ständig bei dir. Hätte Angst, dass es dir nicht gut geht. Irgendwelche Leute ins Haus einsteigen, um dich zu kidnappen…"

„Zu *kidnappen?* Was heißt das?" Laura sah ihn mit großen Hundeaugen an.

Emilio überlegte. Bei Gott, er wollte Laura natürlich keine Angst machen, denn wenn der Ort, quasi sein ehemaliges Zuhause, wieder sicher wäre und er mit den Russen seine Differenzen geklärt hätte, dann würde sie womöglich Angst haben, mit ihm dort zu wohnen, wenn er ihr jetzt sagte, WIE GEFÄHRLICH ES TATSÄCHLICH WAR, sie zum jetzigen Zeitpunkt mitzunehmen. Und er wollte schon nach London wieder zurück. *Unbedingt!* Schließlich waren es SEINE Gebiete. Und in gewisser Art und Weise liebte er England auch. Hatte sein halbes Leben dort verbracht. Und von den Russen würde er sich sicherlich nicht vertreiben lassen. *Es war in der Tat schwierig für ihn, ihr jetzt das heikle Wort Kidnapping zu erklären, das er eigentlich ja mehr oder weniger nur versehentlich in den Mund genommen hatte. Bevor er es nämlich hätte zurückhalten können, war es ihm schon über die Lippen gehuscht.* Er fuhr sich nervös und unbeholfen mit den Händen durchs Haar. Er raufte sich die Haare buchstäblich wie ein kleiner Junge. Dann kam ihm die Lösung. Also antwortete er in weiser Voraussicht, nichts Unüberlegtes und Unvoreingenommenes zu sagen, was ihm zu einem späteren Zeitpunkt wieder schwergefallen wäre, es vor ihr anders zu begründen und seine Meinung zu revidieren: „Ach das, das ist eigentlich ja gar keine so große Sache. Man würde dich einfach bitten, mitzugehen und du wüsstest am Ende nicht, wo du bist. Und ich auch nicht."

„Das verstehe ich nicht."

Er strich ihr zärtlich mit dem Zeigefinger über den Mund. „Mach dir darüber keine Gedanken, *Babe.* Glaub mir, wenn ich es für richtig halten würde, dann würde ich dich ganz bestimmt mitnehmen. Aber ich muss dort erst alleine hingehen, bevor ich dich nachholen kann. Alles regeln, was zu regeln ist. Verstehst du? Hier bist du sicherer. Dort bin ich nicht da, um dich zu beschützen, falls es notwendig sein wird, dich zu beschützen. Vor irgendwelchen bösen Leuten zum Beispiel." Er atmete tief durch. „Vertraust du mir?"

Laura zögerte. Doch dann nickte sie. „Wie lange sind denn EINIGE WOCHEN?", fragte sie mit einem unschuldigen Blick. Eigentlich ja eher mit einem *unwissenden.* Denn Zeitabstände bereiteten dem Mädchen tatsächlich noch ganz schön große Probleme. Sie hatte richtiggehend Schwierigkeiten, Stunden, Tage oder gar Monate richtig einzuschätzen. *So ähnlich wie es auch bei Hunden war oder angeblich sein soll.*

„Das ist nicht besonders lange, *Babe.* Ehe du dich umschaust, bin ich schon wieder hier. Und hole dich zu mir nach England. Dann wird uns auch Salvatore begleiten. Er will sich nämlich mit eigenen Augen vergewissern, dass die Gefahr gebannt ist." Er verbesserte sich gleich wieder. „Ich meine natürlich, *die kleine Gefahr,* die möglicherweise in London auf uns lauert, wenn wir nicht erst nachsehen, ob alles so ist, wie es sein soll. Wir müssen uns deshalb vorher vergewissern, dass alles *okay* ist, bevor du dort mit mir sicher leben kannst. Verstehst du mich?"

Laura zuckte leicht mit den Schultern. Nickte dann aber trotzdem.

Emilio strich ihr wie einem Kleinkind über den Kopf. Beugte sich vor. Gab ihr ein Küsschen. Trat wieder einen Schritt zurück. „Während ich weg bin, befolgst du bitte alle Befehle beziehungsweise Anweisungen, die dir Salvatore gibt. Du machst also nichts, wovon er nichts weiß. Er wird dafür sorgen, dass dir hier nichts Schlimmes passiert, während ich weg bin."

„Welche Befehle denn?"

Emilio schnaufte. Zog eine Braue hoch. Es war in der Tat nicht einfach, jemandem etwas zu erklären – *das er unmöglich verstehen konnte, wenn er die Einzelheiten nicht kannte, die man ihm aber absichtlich und in weiser Voraussicht verschwieg. Es wäre somit schwierig so einem Menschen zu erläutern,* warum er bestimmte Sachen nicht machen dürfe. Einfach deshalb nicht, weil es im Grunde genommen zu gefährlich war und er sich dadurch möglicherweise nur in große Gefahr bringen konnte. Die Russen, die hier vor ein paar Wochen auf Sizilien gelandet waren, sind zwar wieder fort, aber sicher ist es nicht, dass eventuell einige wenige Späher – *so wie sie Emilio nannte* – zurückgeblieben sind, um einen

77

günstigen Zeitpunkt abzupassen. Schließlich wusste er ja nicht, ob die Russen tatsächlich geschluckt hatten, dass *Julia Montanari* tot war; vielleicht hatten sie ja schon längst herausgefunden, dass die Beerdigung ein riesengroßer Fake gewesen ist. Sicher konnte er sich nicht sein. Auch nicht mit Bestimmtheit sagen, ob *Stephan-Nikolai Sorokin* tatsächlich so dumm gewesen ist, ihm ihr Ablenkungsmanöver einfach so abzunehmen. Und seine kleine Laura war so naiv und gutgläubig, dass sie tatsächlich mit ihren Entführern einfach freiwillig mitgehen würde, ohne sich bewusst zu sein, dass sie soeben entführt worden ist. Deshalb war es Emilio auch so wichtig gewesen, dass Salvatore auf sie aufpasste, während er in London seine Gebiete zurückeroberte. Und Salvatore hat ihm bei seinem Leben geschworen, dass er Laura beschützen würde und niemand in ihre Nähe käme, der auch nicht in ihre Nähe kommen dürfe. Emilio vertraute seinem Onkel. *Zu Tausend Prozent.* „Weißt du, *Babe.* Salvatore weiß ganz genau, was du machen darfst, was du unterlassen solltest, was gefährlich für dich ist, also alles, was für deine Sicherheit nützlich ist, so dass ich mir in London um dich keine Sorgen machen muss, solange du hier bleiben musst. Wenn er sagt, du sollst ins Haus zurückkommen oder aber auf deinem Zimmer bleiben, dann kommst du entweder zu ihm zurück oder bleibst dort, wo er es dir befiehlt, bis er dir sagt, dass du wieder rauskommen darfst. Wenn dich fremde Menschen ansprechen, dann wird er dafür sorgen, dass es das letzte Mal gewesen ist, dass dich Fremde angesprochen haben. Wenn dich jemand, den du nicht kennst, bittet, mit ihm mitzugehen – *und wenn es nur in den Park ist oder zu den Zypressen, die dir so gefallen* – dann wird Salvatore dafür sorgen, dass diesen Leuten wehgetan wird, bevor sie dir wehtun. Salvatore kann einfach die ganze Situation hier am besten einschätzen. Besser beurteilen als du, was gut für dich ist. Und was nicht. Er kennt alle, die hier ein und ausgehen. Du leider nicht. Schließlich könnten Männer und Frauen das Gelände betreten, die du noch gar nicht gesehen hast, die aber trotzdem zu uns gehören. Oder aber auch nicht, weil sie sich hineingeschlichen haben. Unerlaubt. Wie solltest du dann entscheiden, was richtig oder falsch ist, wenn sie dich ansprechen. Auffordern, mitzugehen, oder dergleichen. Deshalb möchte ich, dass du ihm gehorchst. Aufs Wort. Nichts im Alleingang machst. Er ist quasi meine Vertretung, solange ich weg bin. Sein Wort ist dann Gesetz. Hast du das jetzt verstanden?"

„Aber wieso betreten fremde Leute denn fremde Häuser? Unerlaubt."

„Manchmal tun Menschen komische Sachen, *Babe.*", erwiderte er. „Hast du den Rest, den ich dir erklärt habe, denn verstanden?", hakte er nochmals nach.

„Ich glaube schon.", erwiderte Laura zögerlich. Wobei sie – *ehrlich gesagt* – nicht so recht verstanden hatte, worüber Emilio soeben gesprochen hat. Es war alles so unlogisch. Als spräche er absichtlich und bewusst in Rätseln mit ihr. Vielleicht war sie aber auch nur zu dumm, um zu begreifen, wovon er eigentlich exakt sprach. Nun gut, dann müsse sie eben so lange machen, was ihr Salvatore anschaffte, bis Emilio zurückkehrte. Wann auch immer das sein sollte. *Sie hoffte nur, es würde nicht allzu lange dauern. Unbewusst schob sie ein paar Kieselsteine mit der rechten Spitze ihrer Sandalette hin und her. Fixierte den dunkelsten Stein unter ihnen.*

Emilio griff nach Lauras Kinn, als sie ihren Blick zu Boden gerichtet hielt und hob es an. Mit dem Daumen strich er ihr zärtlich über die Lippen. „Ich kann mich also darauf verlassen, dass du ihm gehorchst? Alles machst, was er dir befiehlt?", fragte er ein letztes Mal.

Sie nickte.

„Du bist ein braves Mädchen." Dann beugte er sich abermals zu ihr vor und gab ihr einen zärtlichen Kuss. „So. Jetzt bringe ich dich auf dein Zimmer.", sagte er fast keuchend. Bei Gott, die Geilheit hatte ihn schon wieder mal gepackt. *Auch wenn nicht unerwartet.* Es war eine Erregung, mit der er schon all die Wochen zu kämpfen hatte und die ihm echt zu schaffen machte. Und damit er ja nichts tat, was er am Ende bereuen würde, hatte Laura ihr eigenes Zimmer, seit sie hier wohnte. Außerdem hätte seine Mama ohnehin nicht zugelassen, dass er mit ihr ein gemeinsames Schlafzimmer geteilt hätte. *Nicht vor der Hochzeit.* „Sieh es einfach so, Laura. *So* hast du definitiv mehr Zeit, dich mit Concetta zu beschäftigen. Ihr versteht euch doch in letzter Zeit ganz gut, habe ich bemerkt."

Laura schnaufte. Zögerte kurz. Dann antwortete sie: „Ja. Schon. Sie ist sehr nett. Aber ich finde es komisch, dass sie plötzlich so aussehen will wie ich. Sie hat sich die Haare genauso färben lassen, wie es auch meine sind. Sie fragt mich ständig, was mir gefällt. Was ich denke. Wie ich etwas finde. Ich finde das echt komisch…"

„Aber, *Babe.*", unterbrach Emilio sie mit einem Lächeln auf dem Gesicht. „Freundinnen sind so. Eine Freundin will immer wissen, was die andere denkt, wie sie etwas findet und so weiter. Das ist eine ganz normale Geschichte unter Frauen. Komisch müsstest du es nur dann erst finden, wenn sie nicht mit dir spricht oder gemein zu dir ist. Aber so ist doch alles bestens."

„Wirklich?" Laura runzelte die Stirn.

„Ja. Wirklich." Emilio lachte. Packte sie bei der Hand und zog sie wie ein kleines Kind hinter sich her, als er die Stufen hinaufstieg.

Laura wunderte sich zwar immer noch über das seltsame Verhalten von *Concetta Capulet,* widersprach Emilio aber nicht mehr. Denn vorher, also bevor sie so nett zu ihr geworden ist, hatte sie schon das Gefühl gehabt, dass sie gemein zu ihr war. Unfreundlich. Sie konnte auch ihren ernsten Blicken ansehen, dass sie sie nicht besonders mochte. Eigentlich ja gar nicht leiden konnte. Vielleicht sogar hasste. Wegen Salvatore, dessen Blicke wiederum Bände sprachen. Ihr genau zeigten, was er von ihr hielt. Dennoch schwieg sie an dieser Stelle und ging nicht weiter näher darauf ein, um nicht auch noch über Salvatore sprechen zu müssen. Über seine Blicke, die er ihr heimlich zuwarf. Die mit Sicherheit etwas anderes zu bedeuten hatten. Das spürte sie ganz deutlich.

Als nun beide oben vor ihrer Suite ankamen, da lehnte sie sich mit dem Rücken an der Tür an wie jede Nacht, wenn sie Emilio nachts aufs Zimmer begleitete. „Bekomme ich noch einen Kuss?", fragte sie lächelnd und sah ihn verführerisch an. Jetzt kam der Teil des Tages, der ihr am besten gefiel. *Nämlich das Küssen!*

Emilio stützte sich mit beiden Händen an dem massiven Mahagonitürblatt ab und kesselte mit seinen Armen Laura an der Tür ein wie eine süße Beute. „Natürlich, *Babe.*" Und als er sie küsste, spürte er wieder, wie sehr er gegen seine starke Erregung und seine wilden Triebe ankämpfen musste. Er konnte nicht verhindern, dass sein Schwanz hart wurde. *Dieser Kuss wurde immer stürmischer. Wilder.* Als sie ihm jedoch ins Haar fasste und sich mit ihrem Unterleib fest gegen seine Erektion presste, da löste er sich abrupt von ihr. Er trat einen Schritt zurück.

Laura sehnte sich nach seinen wilden Küssen. Seinen sanften Lippen. Dem Feuer, das Emilio in ihr auslöste, wenn er sie küsste. Doch dann spürte sie plötzlich etwas, was sie sich nicht so recht erklären konnte. *Das erste Mal sozusagen.* Sie fühlte, dass da etwas in seiner Hose hart wurde, was normalerweise nicht so hart war und auch nicht so abstand, wenn er sich in der Regel während eines Kusses leicht an sie drückte. Doch als er sich während des feurigen Zungenkusses etwas kräftiger an sie gepresst hatte, da hatte sie es deutlich gespürt. Auch die leichte Wölbung an seiner Hose hatte ihr verraten, dass da etwas in seiner Hose schlummerte, was ganz schön beulte. Sie hatte es bemerkt, als ihr Blick seinen Hosenbund zufällig streifte. Sie spürte diese Härte in aller Deutlichkeit, als er sich ganz dezent an sie drückte. Immer ein bisschen fester. Intensiver. *Diese unglaublich faszinierende Härte löste jedoch bei ihr wiederum diese Geilheit aus, die sie in letzter Zeit immer häufiger zwischen den Beinen verspürte.* Ihr Instinkt zwang sie dazu, ihm während des leidenschaftlichen Zungenkusses ins Haar zu fassen und sich mit dem Becken fest gegen diese Härte zu pressen, die er scheinbar in der Hose trug. Was auch immer das war. Und sie fühlte mit einem Mal, dass sie plötzlich zwischen ihren Schenkeln nass wurde. Das Verlangen wurde stärker und sie rieb sich immer kräftiger an ihm. Doch dann löste er sich abrupt von ihr. „Hab ich etwas falsch gemacht?", fragte sie erschrocken. *O je, machte sie tatsächlich beim Küssen etwas falsch?*

„Nein, *Babe.* Das ist es ja. Du machst alles richtig. Deshalb ist es besser, wenn ich jetzt gehe."

„Das verstehe ich nicht."

„Das erkläre ich dir, wenn es soweit ist. Vertrau mir.", flüsterte er.

„Schade.", erwiderte sie daraufhin und zog eine Schnute. Doch dann huschte ihr plötzlich wieder ein Lächeln über die Lippen. *O ja, ihr Lächeln verzauberte Emilios Welt in der Tat. Als läge Magie über diesem magischen Ort. Eine Märchenwelt, die Sizilien in der Tat für das kleine Mädchen darstellte.* „Bekomme ich noch einen allerletzten Gute-Nacht-Kuss?"

„Heute lieber nicht mehr, *Babe.* Morgen. Morgen bekommst du dafür zwei. Aber jetzt sollte ich wirklich lieber gehen."

Laura schnaufte und stampfte mit dem rechten Fuß leicht gegen den Boden. Wie ein Kind, das nicht bekam, was es wollte. Sie verstand die Liebe nicht. Sie hätte sich jetzt noch Stunden lang an ihm reiben können, während sie ihn geküsst hatte. Sie hatte gespürt, dass es ihr gut tat. Eine Art Befriedigung brachte. *Befriedigung, die durch ihren Körper strömte.* Etwas, was sie unglaublich zufrieden und glücklich machte. Auch wenn es nur ein sehr, sehr kurzes Vergnügen war. Auch hatte sie an seinen brünstigen Lauten und seinem unterdrückten Stöhnen gehört, dass es ihm ebenso gut gefallen hatte wie ihr. *Das musste so sein. Sie erkannte sofort, wenn ihm Dinge missfielen oder er aber Gefallen daran fand. Soweit kannte sie ihn immerhin schon.*

Sie drehte sich nun um, öffnete die Tür, verabschiedete sich mit einem Luftkuss von ihrem Verlobten und trat über die Schwelle hinein ins Zimmer. Als sie im Bett lag, spürte sie wieder diese Erregung, die wie ein Orkan durch ihren Körper jagte. *Diese unglaubliche Gier nach Sex! Das machte sie fuchsteufelswild.* Vor allem aber, weil sie diese Gefühle nicht verstand. Sie auch nicht einordnen konnte. Als sie jedoch mit ihrer Hand plötzlich zufällig zwischen ihre Schenkel griff und dabei ihre empfindlichste Stelle berührte, trieben sie diese wilden Triebe dazu, leicht daran zu reiben. Es war wohl mehr oder weniger ein Instinkt gewesen, der sie vorwärtsgetrieben hatte. Und da verspürte sie sofort, dass es genau DAS ist, was sie wollte und was sie auch an der Tür mit Emilio gemacht hatte. *Zumindest so ähnlich.* Und je kräftiger und schneller sie an ihrer Möse rieb, desto nasser wurde sie. Der Drang, die Beine weit zu spreizen, wurde immer stärker. Den Druck mit ihren Händen auf ihrer empfindlichste Stelle zu erhöhen immer gewaltiger. Dabei stellte sie sich Emilio nackt vor, auch wenn sie sich gar nicht so recht vorstellen konnte, wie er unten herum überhaupt nackt aussah. Das hatte sie in der Tat nämlich noch nicht gesehen. Also wanderten ihre Blicke in ihrer Vorstellung wieder hinauf zu seinem schönen Gesicht. Seinem bezaubernden Lächeln. Seinem atemberaubenden Gesichtsausdruck, wenn er sie ansah. Und als sie plötzlich kam, spürte sie eine Befriedigung, die durch ihre Gliedmaßen strömte wie eine Sinnflut. Zudem verspürte sie auch noch diese gewaltige Explosion zwischen ihren Beinen, die nur ganz, ganz langsam wieder verklang. *Natürlich wusste sie nicht, dass es ein Orgasmus war, den sie soeben bekommen hatte.* Aber sie wusste ganz genau, dass es das ist, was ihr Emilio geben würde, sobald sie verheiratet waren. Und so schlief Laura das erste Mal in dieser Nacht total befriedigt ein.

Emilio hingegen quälte sich die halbe Nacht lang herum, weil er nicht bekam, was sich Laura vor dem Schlafen gehen – *angetrieben durch ihre wilden Triebe und ihrer blühenden Fantasie* – selbst geholt hatte.

***

Eine Woche später...

* Herrschaftlicher Landsitz des Capulet Clans

[irgendwo in der Nähe von Palermo, Sizilien] *

***

Emilio verabschiedet sich von Salvatore, bevor er in die Limousine steigt und zum Flughafen aufbricht, um mit Dimitri und seinen Männern nach London zu fliegen.

[auf dem Parkplatz des herrschaftlichen Landsitzes des Capulet Clans]

Emilio Capulet fuhr sich mit der Hand durchs Haar, während er an Salvatores Seite zur Limousine schritt, die ihn, *Dimitri Nikolajew* und seine Männer zum Flughafen bringen sollte. Dimitri saß bereits in dem BMW, der diese Kolonne anführen sollte. Seine besten Männer sowie die acht besten Männer von *Salvatore Capulet* sind auch bereits in die Wagen eingestiegen. Sie waren allesamt bis auf die Zähne bewaffnet. Emilio war der Letzte, der sich dieser Kolonne anschloss. Der Letzte deshalb, weil er sich noch von seiner Laura verabschiedet hatte und ihr zärtlich ein letztes Mal mit der rechten Hand die Tränen abgewischt hatte, weil sie so traurig war, dass er nun fort musste. Aber er hatte ihr versprochen, dass er bald zurückkäme, um sie zu holen. Sie musste ihm im Gegenzug aber nochmals versprechen, ein artiges Mädchen zu sein, und ALLE Befehle seines Onkels *bedingungslos, unwiderruflich und uneingeschränkt* zu befolgen.

Die Sonne brannte heiß herunter auf den Planeten und die Luft schien still zu stehen. Für Anzugträger wie ihn oder seinen Onkel eine regelrechte Qual. Emilio spürte die Schweißperlen, die sich auf seiner Stirn bildeten. Er warf einen letzten Blick hinter sich und sah zu Lauras Fenster hoch. Er konnte sie sehen. Sie stand reglos dort oben. Hob die rechte Hand an, als sich ihre Blicke streiften und winkte ihm zu. Er blieb kurz stehen, hob lediglich die Hand zum Gruß an, dann sah er wieder nach vorn – *direkt zur Limousine hinüber* – und beschleunigte seine Schritte, um Salvatore wieder einzuholen, der seinen schweren Gang natürlich fortgesetzt hatte. Als er ihn eingeholt hat, sagte er: „Ich habe ihr gesagt, dass sie auf dich hören muss. Dass sie all deine Befehle befolgen muss. Es wird also nichts passieren, worauf du unvorbereitet sein könntest." Emilios Stimme klang ein bisschen atemlos, weil ihn die Hitze und der schnelle Gang doch etwas außer Atem gebracht hatten.

Salvatore richtete seinen Blick flüchtig auf Emilio. Beide Männer hatten in etwa die gleiche Statur. Beide Männer sahen sprichwörtlich aus wie Giganten. Beide Männer trugen bei dieser Hitze schwarze Anzüge. Beide sahen sie in der Tat aus wie gefährliche Mafiosi. *Mafiosi, mit denen nicht zu spaßen war.* „Gut.", erwiderte Salvatore kurz und bündig. Er hatte in letzter Zeit wahrlich Schwierigkeiten damit, unbefangen und offen mit Emilio über seine Verlobte – *das kleine Täubchen* – zu sprechen. Eigentlich ja nur deshalb, weil er sie begehrte, obwohl er sie hätte niemals begehren dürfen. Weil er sich Dinge wünschte, die er sich aber niemals wünschen dürfte, wenn er seinen Neffen nicht zu seinem Todfeind machen wollte. *Dunkle Wünsche. Dunkle Fantasien. Düstere Gedanken verspotteten seine lächerliche Liebe jeden einzelnen, verdammten Tag, seit sie beschlossen hatten, ihn um seinen Schlaf zu bringen und tagsüber das Leben zur Hölle zu machen.* O nein, er dürfe sich Emilio wahrlich nicht zum Feind machen. Er liebte ihn. Wie einen eigenen Sohn! Und die Familie stand für ihn bisher immer an oberster Stelle. Und jetzt war ER derjenige, der all das, was ihm immer am Wichtigsten und auch am Heiligsten war, mit seiner idiotischen Verliebtheit ruinieren wollte.

Als beide Männer die Limousine erreicht hatten, hielten sie in der Bewegung inne. Sahen sich an. Umarmten sich brüderlich. Emilio trat mit einem Fuß bereits in die Limousine, als ihn Salvatores Abschiedsworte zum abrupten Stehen brachten und er seinen Fuß wieder zurückzog. Er drehte sich hastig wieder zu seinem Onkel um.

Salvatore sah seinem Neffen zu, als er gerade in die Limousine einsteigen wollte. Dann fiel ihm aber schlagartig ein, Emilio noch gar nicht darüber informiert zu haben, dass er am Wochenende nach Bogotá flog. „Ach, übrigens. Am Wochenende bin ich bei Alejandro. Aber nur für ein paar Tage. In dieser Zeit, also während meiner Abwesenheit, hat mir aber mein Schwiegervater seine Unterstützung zugesagt. In zwei Tagen sind die Männer hier, die er in Rom entbehren kann. Er hat mir jedoch versichert, dass es seine besten Männer sind, was ich ihm auch glaube, schließlich will er, dass seine Tochter auch sicher ist, wenn ich nicht da bin. In der Zeit werde ich auch die Wachen auf dem Gelände verdoppeln. Meine Familie und Laura sind auf alle Fälle während meiner Abwesenheit genauso sicher hier, als wäre ich gar nicht fort." Salvatore hatte fast schon damit gerechnet, dass sein Neffe jetzt mit ihm eine Diskussion wegen dem Besuch bei *Alejandro Escobar* beginnen würde, sonst wäre er ja in den Wagen eingestiegen und so – *wie es auch geplant war* – zum Flughafen gefahren. Auch hatte er bemerkt, dass sich seine Blicke verändert hatten, als er ihn mit seinen dunklen Augen fixierte. Irgendwie verhärteten sich auch seine Gesichtszüge. „Du brauchst dir wirklich keine Sorgen zu machen. Ich habe alles im Griff. So wie immer.", betonte Salvatore nochmals seine Worte, um seinen Neffen zu beruhigen, der wohl gerade dabei war, sich von seinen Sorgen um *das kleine Täubchen* erschlagen zu lassen.

„Das weiß ich, Onkel. Aber mir wäre es wirklich lieber, wenn Laura bei dir wäre, so lange ich weg bin. Bei dir bin ich mir sicher, passiert ihr nichts. Bei den anderen habe ich kein gutes Gefühl. Wenn nur einer der verdammten Russen noch hier ist, dann ist der beste Zeitpunkt, Laura zu kidnappen, wenn du nicht hier bist. Ich weiß das. Und die verdammten Hurensöhne wissen das bestimmt auch. Vielleicht warten sie nur auf so eine Gelegenheit…"

Salvatore klopfte Emilio väterlich auf die Schulter, um ihn zu beruhigen, da er erkannte, wie aufgebracht sein Neffe plötzlich war. Nur wegen dieser Sache! Einer Lappalie in Salvatores Augen. Er fiel ihm daher ins Wort, bevor dieser noch den dritten Weltkrieg heraufbeschwor, nur weil er für ein paar Tage fort müsse und das Täubchen alleine auf Sizilien bliebe. „Du machst dir definitiv zu viele Sorgen, Emilio. Glaub mir, NIEMAND wird deine Verlobte kidnappen, so lange ich lebe. Egal, ob ich hier bin oder aber in Bogotá. Vertrau mir." *Bei Gott, er selbst hatte davon geträumt, Laura nach Kolumbien mitzunehmen, um ein paar Tage alleine mit ihr zu sein. Ohne unter Beobachtung seiner eifersüchtigen Frau zu stehen, die ihn scheinbar auf Schritt und Tritt verfolgte.* Dennoch hätte er niemals gewagt, Emilio diesen Vorschlag zu unterbreiten, um nicht sein Vertrauen zu verlieren. Um ihn nicht am Ende ihm gegenüber doch noch misstrauisch zu machen. Zum jetzigen Zeitpunkt, also genau in diesem Augenblick, war er sich sicher, dass Emilio niemals vermuten würde, er hegte unmoralische Absichten seiner Verlobten gegenüber. Aber hätte er ihm gesagt, er nähme sie für ein paar Tage mit nach Bogotá zu *Alejandro Escobar,* wäre Emilio möglicherweise ja noch ins Grübeln gekommen.

Emilio schnaufte. Atmete tief durch. Fuhr sich abermals mit der rechten Hand unbewusst durchs Haar. „Kannst du sie nicht mitnehmen? Mir wäre es wirklich lieber, sie ist die ganze Zeit über bei dir. Unter deiner Aufsicht kann bestimmt nichts schieflaufen."

Salvatore tat so, als würde er überlegen. Ernsthaft darüber nachdenken, auf Emilios Bitte einzugehen; dennoch nicht sicher sein, ob er ihm diesen Gefallen auch wirklich tun solle. Er spielte seine Rolle zweifellos sehr gut. Denn Emilio glaubte ihm wirklich, dass er gerade darüber nachdachte, ob er es in Betracht ziehen sollte, Laura nach Kolumbien mitzunehmen. *Bei Gott, erfüllten sich seine Träume am Ende doch noch?*

Emilio sah ganz genau, dass Salvatore darüber nachdachte, jedoch noch unschlüssig war. „Sie ist wirklich pflegeleicht, Onkel. Du wirst mit ihr keine Schwierigkeiten haben. Sie kann dort auch auf ihrem Zimmer bleiben. Oder sich mit Alejandros Cousine beschäftigen. Sie wird dir bestimmt kein Klotz am Bein sein. Aber nimm sie bitte mit. Ich möchte den Russen keine Gelegenheit bieten, sie mir wieder wegzunehmen. Und wenn sie sehen, dass ich nicht hier bin und dass auch du nicht hier bist, wird das für die ein gefundenes Fressen sein. Ich weiß das."

Salvatore hob die Braue. Verzog sein Gesicht. Sah in diesem Moment tatsächlich ein bisschen grimmig aus. Als hätte er es einstudiert, so brummig drein zu schauen. Tat so, als würde er ein bisschen genervt von Emilios Bitte verpuffte Luft durch die Nase schnauben. *Ein wahrlich perfektes Schauspiel, um seinen Neffen zu täuschen.* „Na gut. Aber nur ausnahmsweise. Und nur, weil du mich eindringlich darum gebeten hast. Du weißt, dass ich noch nicht mal Concetta nach Bogotá mitnehme. Noch nie mitgenommen habe. Obwohl sie mich ständig anbettelt, sie mitzunehmen, wenn ich dorthin fliege. Aber ich will dir den Gefallen tun, damit du dir in London keine Sorgen um dein kleines Täubchen machen musst. Das einzige, was du mir im Gegenzug dafür versprechen musst, ist, dass du unsere Gebiete in London so schnell wie möglich wieder zurückeroberst und den Russen dort zeigst, was es heißt, sich mit dem Capulet Clan angelegt zu haben. NIEMAND legt sich mit unserer Familie an!"

Emilio atmete erleichtert auf. „Danke, Onkel. Und ja, ich verspreche es dir."

Beide Männer fielen sich erneut brüderlich in die Arme. Lösten sich wieder voneinander. „So. Und jetzt mach, dass du zum Flughafen kommst.", sagte Salvatore und klopfte seinem Neffen ein letztes Mal freundschaftlich auf die Schulter.

Emilio stieg nun völlig beruhigt, seine Laura in guten Händen zu wissen, in die Limousine. Verabschiedete sich nochmals durch die heruntergelassene Scheibe mit einem kaum merklichen Kopfnicken von seinem Onkel, dann setzte sich die Kolonne in Bewegung.

Salvatore sah seinem Neffen noch hinterher, bis der letzte Wagen durch das hohe Außentor fuhr. Dann drehte er sich um und stieg gemächlich die Auffahrt wieder hinauf. *Er konnte sein Glück kaum fassen.* Mit Emilios Erlaubnis könne er das kleine Täubchen nun ganz offiziell mit nach Bogotá nehmen. Und er hatte sich schon sehr, sehr lange über nichts mehr so wahnsinnig gefreut wie über diesen Umstand: *Endlich allein mit der Frau zu sein, in die er sich rettungslos verliebt hatte.* Allein und ohne Zeugen! Zumindest für ein paar Tage. Und ab diesem Zeitpunkt hatte Salvatores Hirn angefangen zu rattern. Er zermarterte sich in der Tat das Gehirn, um einen Weg zu finden, sich das kleine Täubchen zu holen. Sie zu seiner Sub abzurichten. Sie sich leise und klammheimlich zu unterwerfen wie eine Sklavin, ohne dass es irgendjemand mitbekam. Bis auf das kleine Täubchen natürlich – *logischerweise.*

Aber er war sich ziemlich sicher, siegessicher sogar, dass er einen Weg finden würde, sich seine Träume zu erfüllen, sofern er es auch tatsächlich wagte, seinen Plan in die Tat umzusetzen. Und der lautete eindeutig, sich das kleine Mädchen zu unterwerfen, bis sie ihm gehörte. Und bis sie auch alles tat, um ihn im Bett zum glücklichsten Mann auf diesem Planeten zu machen.

Ob es Sinn machte, mit ihr eine heimliche Liaison zu beginnen, wusste er nicht. Aber er wusste, dass es das war, was er sich sehnlichst wünschte. Und während er nun die hohen Stufen zum Eingang der Villa hinaufstieg, richtete er seinen Blick beiläufig nach oben. Und als sich seine sehnsüchtigen Blicke mit Lauras unschuldigen Blicken streiften, da war ihm klar, es führte kein Weg daran vorbei: ER würde sie besitzen. Sehr bald sogar!

Das war eine unumstrittene Tatsache!

Fortsetzung folgt... **mit dem 2. Teil, der unter folgendem Titel bereits als Kindle eBook im März 2020 erschienen ist:**

* Russian Mafia KILLERS: entführt (Dark Romance 2)

Annasturm158 13.2.2020 [03:03]; Ende: 25.2.20202 [10:18]; 26.2.2020 [02:02]; 19:08; 19:28; 4.4.2020 [01:08]

Wer jetzt mehr über die Mafiosi des russischen Syndikats Sorokin beziehungsweise des Mafia Clans KILLERS erfahren möchte, kann sofort mit dem Lesen der drei Folgebände „Russian Mafia KILLERS" beginnen, um in die Welt des Russischen Syndikats KILLERS einzutauchen.

Die Kindle eBooks wurden in folgender Reihenfolge veröffentlicht:

1.   **Russian Mafia KILLERS: Maximilian – Der Russe**
2.   **Russian Mafia KILLERS: Maximilian – Der Russe 2**
3.   **Russian Mafia KILLERS: Stephan – Fürst der Finsternis**

Alle drei Folgebände wurden in dem Sammelband „Russian Mafia WHITE PRINCESS: Spiel nie mit einem Killer!" zusammengefasst.

Russian Mafia KILLERS: Verbotene Liebe (Dark Mafia Romance)

Ohne Vorkenntnisse lesbar!

VÖ: bereits erschienen!

Russian Mafia KILLERS: Maximilian – Prinz der Bratwa! (KISS OF THE DARK PRINCE)

Ohne Vorkenntnisse lesbar!

VÖ: bereits erschienen!

Russian Mafia KILLERS: Maximilian – Prinz der Bratwa! (GAME OF THE DARK PRINCE)

VÖ: bereits erschienen!

Russian Mafia KILLERS: Maximilian – Prinz der Bratwa! (CROWN OF THE DARK PRINCE)

VÖ: Frühjahr 2020

Reihenfolge beim Lesen von
„Russian Mafia KILLERS: Maximilian – Prinz der Bratwa!:
* *KISS OF THE DARK PRINCE*
* *GAME OF THE DARK PRINCE*
* *CROWN OF THE DARK PRINCE*

*Der Klappentext „Russian Mafia KILLERS: Maximilian – Prinz der Bratwa!"
bezieht sich auf KISS, GAME und CROWN!*

Russian Mafia KILLERS: entführt
Ohne Vorkenntnisse lesbar!
VÖ: der 1. Folgeband ist bereits erschienen; auch der 2. Folgeband
wurde im März 2020 veröffentlicht!

Russian Mafia KILLERS: Feuer & Eis
Ohne Vorkenntnisse lesbar!
VÖ: 1.6.2020

Wünsche allen Leserinnen und Lesern viel Spaß mit meinen russischen,
sizilianischen und kolumbianischen Mafiosi.

Die Klappentexte der noch nicht veröffentlichten Bücher aus der
RUSSIAN MAFIA KILLERS Serie findet man am Ende des Buches!

„Russian Mafia KILLERS: Maximilian – Der Russe"

Im Irrgarten

Verwundert sah sie ihn an. Sie hatte nicht erwartet, dass er plötzlich hinter ihr stehen würde. In seinem Blick konnte sie ein Verlangen entdecken, das ihr den Schauer über den Rücken jagte.
[…]

„Ach tatsächlich? Du bist also kein kleines Mädchen mehr?", erwiderte Maximilian. Immer noch lachend. Scarlett war zwar erst achtzehn, aber er wurde das Gefühl nicht los, dass sie genau wusste, was sie tat. Sie brachte ihn um den Verstand. Und das spürte er ganz deutlich. „Abgesehen davon möchte dein Vater bestimmt nicht, dass wir beide im Billardraum eine Partie Billard miteinander spielen. Er könnte das vielleicht missverstehen…"

„Hast du etwa Angst vor ihm?", fiel sie ihm ins Wort.

Maximilian ging die letzten beiden Schritte auf sie zu. Kesselte sie mit seinen Armen an der Statue ein. Beugte sich zu ihr herunter. Flüsterte in ihr Ohr: „Ich habe vor niemandem Angst."

Scarlett lief ein Schauer der Erregung über den Rücken, als sie Maximilians warmen Atem auf ihrer Haut spürte. Es kam ihr ja fast schon so vor, als würde er sie zärtlich mit seinen Händen berühren. Mit den Fingern an ihrem Hals entlang bis hinunter zu ihrem Bauchnabel streichen. Ihr Unterleib zog sich augenblicklich fest zusammen. *Sie fühlte die Erregung sogar bis in die Fingerspitzen hinein.* „Dann bring es mir bei. Denn ansonsten erfährst du nie, weshalb wir uns immer rein zufällig getroffen haben." Sie spürte erneut einen Atemzug, als Maximilian leise in sich hineinlachte. […] *Sie sehnte sich danach, von diesem Mann berührt zu werden. Geküsst, wie nur eine Frau geküsst werden wollte, die von dem Mann begehrt wurde, der sie so einkesselte, wie es dieser Mann hier gerade tat.*
[…]

„Also hast du doch Angst. Oder?", sagte sie.

Maximilian hörte wieder auf zu lachen. „Wenn du mich das noch einmal fragst, dann muss ich dir wohl deinen Hintern versohlen wie einer kleinen Göre, die nicht begreifen will, was man ihr sagt. ICH. HABE. KEINE. ANGST. Verstehst du? Zwing mich nicht dazu, dir deinen kleinen Popo zu verhauen, so wie ich es grundsätzlich mache, wenn mir kleine Mädchen Angst unterstellen. Angst, die ich aber nicht habe." *O ja, Maximilians Stimme klang rau. Rau und dunkel, während er Scarlett seine Drohung leise ins Ohr flüsterte.*

„Ich habe keine Angst vor dir, Maxim.", sagte sie leise.

„Das solltest du aber. Viele Menschen haben Angst vor mir. Und die sind alle älter als du. Also schon erwachsen." Er lächelte. Doch sein Lächeln erreichte nicht seine Augen…

ENDE der Leseprobe!

Das Kindle eBook „Russian Mafia KILLERS: Maximilian – Prinz der Bratwa! (KISS OF THE DARK PRINCE)" ist als Kindle eBook bereits am 1.12.2019 erschienen. Der Klappentext wurde bereits am 4.9.2019 auf Amazon veröffentlicht.

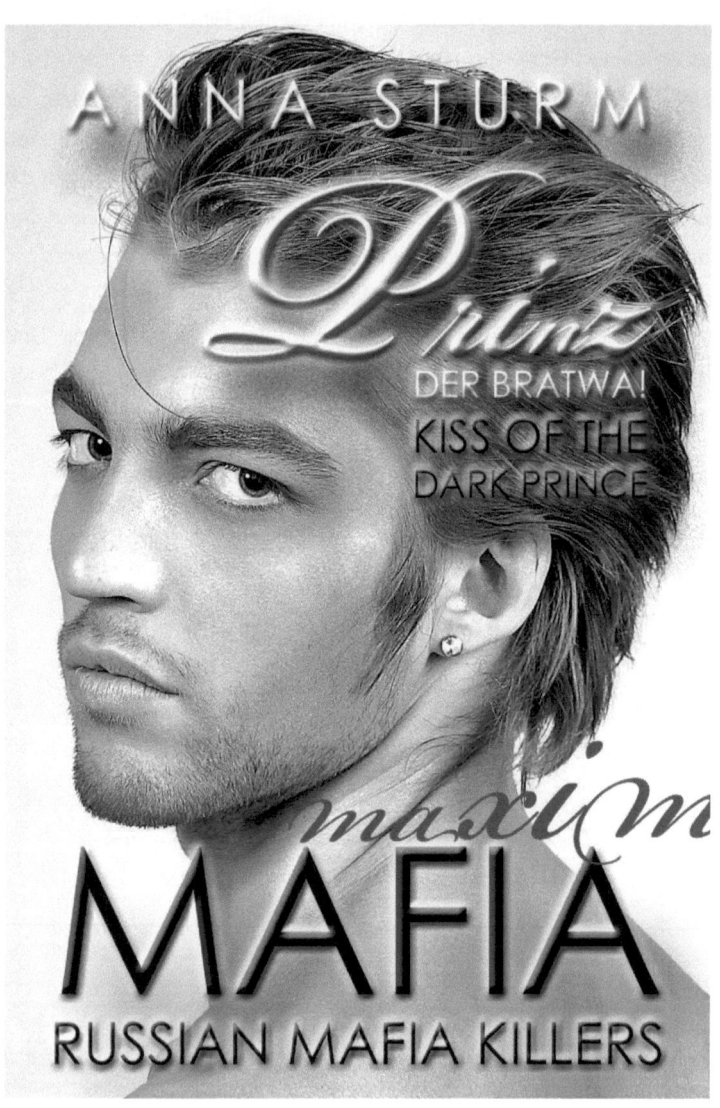

RUSSIAN MAFIA KILLERS
Maximilian – Prinz der Bratwa! (KISS OF THE DARK PRINCE)

Genre: Dark Mafia Romance

KURZFORM DES KLAPPENTEXTES:

Maximilian Medwedew gilt in der Unterwelt als gefährlich. Professionell. Unbesiegbar. Und hart im Nehmen. Dennoch plagen den charismatischen Russen regelmäßig Albträume, die von seinem Aufenthalt im christlichen Waisenhaus als Kind herrühren. Zudem verabscheut der Mafioso Halloween abgrundtief, weshalb ihm sein neuer Auftrag auch unangenehm aufstößt. Am Morgen des 31. Oktober zwingt ihn sein Boss in ein lächerliches Prinzenkostüm zu schlüpfen, um auf einer Halloweenparty verkleidet als DARK PRINCE die Tochter des Gastgebers zu entführen und dadurch den irischen Mob in die Knie zu zwingen.

Was Maximilian noch nicht weiß: Die Mafiaprinzessin Scarlett soll ihn begleiten. Ein Mädchen, von dem er in letzter Zeit immer unanständige Dinge träumt...

Doch welcher dunkle Fürst sucht die Mafiaprinzessin in deren Träumen tatsächlich auf?

Die Handlung spielt vor Scarletts 16. Geburtstag in London...

Maximilian Medwedew - Rechte Hand des Mafiabosses Konstantin Andrejew der russischen Mafia KILLERS:

Maximilian hat als gefährlicher Mafioso noch nie etwas von Halloween gehalten. Auch nicht verstanden, dass sich die Menschen in derartig komische Kostüme hineinpressen, um gegen Mitternacht den Geistern und Dämonen dieser Welt zu trotzen. Oder aber sie zu verspotten. In seinen Augen ist das alles nur Humbug, daher macht er systematisch in der Nacht von Halloween einen großen Bogen um diesen von Spinnern hervorgerufenen Quatsch. Bis er am Morgen des 31. Oktober von seinem Boss gezwungen wird, in ein lächerliches Prinzenkostüm zu schlüpfen, um auf einer Halloweenparty als DUNKLER PRINZ die Tochter des Gastgebers zu entführen...

Jack Miller – Maximilians Blutsbruder und Profikiller der russischen Mafia:

Der Engländer Jack würde alles für die russische Mafiaprinzessin Scarlett tun, um eines Tages ihr kleines Herz zu erobern, obwohl er genau weiß, dass sie tabu für ihn ist! Also begnügt er sich damit, das Mädchen aus der Ferne anzuhimmeln. Die junge Teenagerin hat in der Tat noch nie ein Halloweenfest aus der Nähe gesehen, da die russische Mafia dieses Fest nicht feiert. Doch zu Jacks großer Verwunderung plant sein Boss, auf die Halloweenparty seines irischen Feindes zu gehen. Grund hierfür ist jedoch ein heimtückischer Plan des gefürchteten Mafioso Konstantin Andrejew, der in der Halloweennacht seinen irischen Erzfeind – mit dem er zwar gezwungenermaßen einen Friedenspakt hatte schließen müssen, der aber nur auf dem Papier existiert – in den Hinterhalt locken will und deshalb seine Killer wie ein Trojanisches Pferd auf das irische Fest einschleust. Jack und Maximilian bekommen den Auftrag, den Großonkel des Mafiakönigs der irischen Mafia während der Festlichkeiten zu eliminieren und dessen Tochter zu entführen, um die Iren in die Knie zu zwingen. Alles läuft nach Plan, bis Jack erfährt, dass sein Boss – der Rabenvater – seine eigene Tochter als Lockvogel auf diese Halloweenparty schickt, damit der Feind keinen Verdacht schöpft. Und nichts stößt Jack mehr auf, als Scarlett einer solchen Gefahr auszusetzen; denn schließlich rechnet er mit einem Blutbad, sobald der tödliche Schuss abgefeuert wurde...

Scarlett Anastasija Andrejew - Mafiaprinzessin:

Scarlett schwärmt bereits seit ihrem 8. Lebensjahr für den schönen Russen Maximilian. Eigentlich liebt sie diesen charismatischen, jungen Mann ja schon, seit sie denken kann. Als ihr Vater sie am Morgen mit einem Prinzessinnenkostüm überrascht, freut sie sich wie eine Schneekönigin, von ihrem Schwarm auf die irische Halloweenparty begleitet zu werden. Auf der Party selbst wird sie von Maximilian jedoch nicht beachtet, der scheinbar nur Augen für die Tochter des Hauses hat, die zwar ein wunderschönes Ballkleid trägt, aber ihr Gesicht hinter einer geheimnisvollen Maske verbirgt. Und dann kommt Scarlett auf eine brillante Idee. Sie tauscht spontan im Gästebadezimmer mit der Tochter des irischen Mafiakönigs ihr Kostüm, da diese laut eigener Aussage Null Bock auf diesen ganzen Scheiß habe. Während Scarlett nun als maskierte Schönheit wieder den Ballsaal des luxuriösen Herrenhauses betritt, macht sich das irische Mädchen heimlich auf den Weg zum Schulball, um für ein paar Stunden an der gewonnenen Freiheit zu schnuppern, die ihr der Vater vehement verwehrt. Scarlett gibt sich dem Mafioso Medwedew natürlich nicht zu erkennen, als sie sich ihm nähert. Und plötzlich erfüllt sich ihr Traum. Maximilian schenkt ihr das erste Mal Beachtung...

Bei diesem ganzen Intrigenspiel rechnen die Russen aber nicht mit der Finesse der Iren!

OHNE VORKENNTNISSE LESBAR!

Genre: Dark Mafia Romance
INHALT: Fließender Perspektivwechsel . explizite, bildhaft beschriebene Szenen . Aus allen Sichten der Protagonisten erzählt!

Empfohlene Lektüre danach oder davor:

- Russian Mafia KILLERS: Maximilian – Prinz der Bratwa! (KISS OF THE DARK PRINCE)

Das Kindle eBook „Russian Mafia KILLERS: Maximilian – Prinz der Bratwa! (KISS OF THE DARK PRINCE)" kann ab sofort zum Einführungspreis von 99 Cent anstatt 4,99 € gekauft werden.

Der Klappentext wurde bereits am 4.9.2019 auf Amazon veröffentlicht, als das Kindle eBook in die Vorbestellung gegangen ist.

Das Kindle eBook ist am 1.12.2019 im Kindle Shop von Amazon erschienen.

Die Urheberrechte des Klappentextes liegen beim Autor allein – in diesem Fall bei Anna Sturm.

Das Kindle eBook „Russian Mafia KILLERS: entführt (Dark Romance 2)" ist im März 2020 erschienen. Der Klappentext wurde bereits am 15.9.2019 auf Amazon veröffentlicht.
Das hier ist das Cover:

PROLOG

Russian Mafia KILLERS: entführt (Dark Romance 2)

Der Wolf und das kleine Täubchen

Er fuhr sich mit seiner rechten Hand unbewusst durchs schwarze Haar. Musterte sie dabei eingehend. Atmete schwer. *Das Adrenalin jagte ihm durch die Adern wie ein gewaltiger Sturm.* Das Herz hämmerte in seiner Brust. Der Jagdtrieb war in ihm erwacht. Dennoch beherrschte er sich. *Für den Moment.* Ein verschlagenes Lächeln huschte ihm über die Lippen, als er die Angst in ihren Augen sah. Es war aber nicht nur Angst, sondern auch Bewunderung, die er glaubte, darin zu erkennen. Mit seinen dunklen Augen durchbohrte er ihren unschuldigen Blick. ER war der Jäger. SIE hingegen nur seine Beute. *Ein kleines Täubchen, das keine Fluchtmöglichkeiten mehr hatte.* „Und? Hat er dir gesagt, dass du mir uneingeschränkt und bedingungslos gehorchen musst?"

Sie schluckte. *Nickte.* Konnte seiner Anziehungskraft kaum widerstehen. Versuchte, ihren Blick von ihm abzuwenden. Doch es war wie ein Zwang, der sie dazu drängte, seinen gefährlichen Blicken nicht auszuweichen. „Ja, Sir."

„Gut." Seine Stimme klang rau. *Rau und dunkel.* Allerlei Facetten untermalten deren düsteren Klang. Die Gefahr, die darin aber für das kleine Täubchen – *eine wahre Unschuld* – lauerte, war nicht zu überhören gewesen…

[Auf dem Flug von Palermo nach Bogotá]

101

Russian Mafia KILLERS: Verbotene Liebe
GENRE: Dark Mafia Romance

KLAPPENTEXT:

Julia Montanari, die schöne Italienerin:

Mit sechzehn zwang sie der Vater zur Verlobung mit dem italienischen Mafiaboss Emilio Capulet, der sie mit Vollendung ihres einundzwanzigsten Lebensjahres zur Frau nehmen will. Mit achtzehn begegnet sie dem russischen Mafiaboss Stephan-Nikolai Sorokin und verliebt sich unsterblich in den charismatischen Mann. Sie beginnt eine heimliche Affäre mit dem russischen Mafioso, ohne sich der Konsequenzen bewusst zu sein, die eine mögliche Entlarvung dieser verbotenen Liebe mit sich bringen könnte...

Stephan-Nikolai Sorokin, der russische Mafiaboss:

Niemals hätte Nikolai gedacht, dass er sich nach dem Tod seiner ersten Ehefrau jemals wieder verlieben könnte. Doch die bildhübsche Italienerin Julia bringt seine kleine Weltordnung völlig durcheinander. Ihm ist vollkommen bewusst, dass er ein gefährliches Spiel beginnt, als er eine Liaison mit ihr eingeht. Bevor er jedoch Gegenmaßnahmen ergreifen kann, nimmt das verbotene Spiel eine fatale Wendung...

Emilio Capulet, der italienische Mafiaboss:

Emilio glaubt nicht an die Liebe auf den ersten Blick. Dennoch verliebt er sich in das junge Mädchen Julia Montanari, als er sie das erste Mal erblickt. Er nötigt ihren Vater dazu, der Verlobung zuzustimmen. Er zählt die Tage, bis er sie zur Frau nehmen kann. Als er jedoch erfährt, dass seine Verlobte nach nur zwei Jahren ihrer Verlobung eine heimliche Beziehung mit seinem Erzfeind, dem Russen Stephan-Nikolai Sorokin, führt, schlägt seine Liebe in Hass um. Wie eine Bestie jagt der schöne Sizilianer die beiden und entfacht damit einen Bandenkrieg zwischen den verfeindeten Mafia Clans, den die Welt noch nicht gesehen hat...

Genre: Dark Mafia Romance

INHALT: Fließender Perspektivwechsel . explizite, bildhaft beschriebene Szenen . Schauplatz: London/England Nebenschauplätze: Sizilien/Italien . Aus allen Sichten der Protagonisten erzählt!

[HINWEIS: Teil 4 kann man auch ohne Vorkenntnisse als STANDALONE lesen, um mit der Serie RUSSIAN MAFIA KILLERS auf Tuchfühlung zu gehen! Teil 1 bis 3 können im Anschluss wie eine Vorgeschichte gelesen werden. Für diejenigen, die Teil 1 bis 3 bereits kennen, ist das hier aber der vierte Teil aus der Serie RUSSIAN MAFIA KILLERS!]

Das Kindle eBook „**Russian Mafia KILLERS: Feuer & Eis**" kann man im Kindle Shop bereits vorbestellen. Es wird am 1.6.2020 erscheinen. Der Klappentext wurde bereits am Freitag, den 13.9.2019 auf Amazon veröffentlicht, als das Kindle eBook in die Vorbestellung gegangen ist.

Dark Mafia Romance (keine Schnulze, sondern ein Mafia Liebesroman). Dies ist der 5. Teil aus der Serie RUSSIAN MAFIA KILLERS

RUSSIAN MAFIA KILLERS: FEUER & EIS

GENRE: DARK MAFIA ROMANCE

KLAPPENTEXT:

Stephan Sorokin, Sohn des Mafiabosses der Russenmafia SOROKIN:

Ich belüge sie jede gottverdammte Nacht. Die Dunkelheit ist mein Verbündeter. Dennoch muss ich mich vorsehen, weil mein größter Feind uns jetzt gefunden hat. Und er will sie zurück. Aber sie gehört mir! Auf immer und ewig...

Maximilian Medwedew, der neue Mafiaboss der russischen Mafia KILLERS:

Endlich habe ich sie gefunden, weiß jetzt, wo sie steckt, wohin sie dieser russische Hurensohn gebracht hat! Am liebsten würde ich ihm für diesen Brautraub das Genick brechen. Aber der Fürst der Russenmafia verbietet es mir. Stattdessen zwingt er mich dazu, mit meinem Erzfeind Stephan Sorokin um Scarlett zu kämpfen. Er besteht auf einen fairen Kampf! Gottverflucht! Ich weiß nicht, ob ich mich beherrschen kann. Möglicherweise lasse ich mich von meinem Zorn verleiten und schicke ihn gleich zur Hölle, sobald er mir gegenübersteht. Denn er will das, was mir gehört! Schon immer mir gehört hatte!

Scarlett Anastasija Andrejew, Mafiaprinzessin und Tochter des alten Mafiabosses der KILLERS:

Hätte ich vorher gewusst, wie qualvoll die süße Liebe sein kann, dann hätte ich mich niemals verliebt! Aber jetzt! Jetzt schlägt mein Herz plötzlich für zwei Männer. O mein Gott! Sie erwarten von mir eine Entscheidung. Aber wie soll ich mich nur entscheiden, wenn ich dadurch gleichzeitig auch das Todesurteil des anderen ausspreche?! Ich liebe sie beide. Und daran wird auch ein Zweikampf nichts ändern...

Alejandro Escobar, Drogenbaron der kolumbianischen Mafia in Bogotá:

Kein Wunder, dass man mich fürchtet.

Ich vergesse nichts.

Ich vergebe nie.

Ich exekutiere jeden, der mir in den Rücken fällt.

Und ich kämpfe mit erbitterter Härte gegen meine Feinde. Endlich habe ich die Koordinaten der Insel auf meinem Tisch liegen, um den Fürsten der Russenmafia ein für allemal von seinem Thron zu stoßen und in die Hölle zu befördern. Schon viel zu lange hat ihm meine Familie widerstandslos Tribut zahlen müssen! Doch ich bin zu stolz dazu, weiterhin unter seiner Herrschaft zu stehen und seine Befehle zu befolgen! Von mir soll er nichts mehr bekommen. Ein offener Krieg wäre zu riskant. In der Tat. Aber wie gesagt – ich weiß jetzt endlich wo die Mafiahochburg des Fürsten liegt, um ihn mit einem Überraschungsangriff zu vernichten. Übrigens, Emilio wird erfreut sein, wenn ich ihm davon erzähle, denn die sizilianische Mafia hat wegen der Entführung der italienischen Mafiaprinzessin vor einigen Jahren noch eine Rechnung offen mit den Russen. Und Emilio vergisst ebenfalls nichts; umsonst nennt man ihn bestimmt nicht DEN SIZILIANER, der jeden Verräter in Londons Unterwelt solange jagt, bis er ihn aufspürt. Bei Gott! Was für ein Glück für mich, dass er mein Geheimnis nicht kennt; sonst würde er nämlich mich jagen anstatt den Russen Stephan-Nikolai Sorokin und dessen Clan...

OHNE VORKENNTNISSE LESBAR!

Genre: Dark Mafia Romance
INHALT: Fließender Perspektivwechsel . explizite, bildhaft beschriebene Szenen . derbe Sprache (dem Genre Dark Mafia Romance angepasst) . Schauplatz: London/England Nebenschauplätze: Sizilien/Italien; Bogotá/Kolumbien . Aus allen Sichten der Protagonisten erzählt!

Leseempfehlung danach oder davor:
* Russian Mafia KILLERS: Maximilian – Der Russe (1. Teil aus der Serie RUSSIAN MAFIA KILLERS)

bzw.

* Russian Mafia KILLERS: Verbotene Liebe (OHNE VORKENNTNISSE LESBAR!)

[HINWEIS: „Russian Mafia KILLERS: Feuer & Eis" kann man auch ohne Vorkenntnisse als STANDALONE lesen, um mit der Serie RUSSIAN MAFIA KILLERS auf Tuchfühlung zu gehen! Die Kindle eBooks „Russian Mafia KILLERS: Maximilian – Der Russe 1 und 2", „Russian Mafia KILLERS: Stephan – Fürst der Finsternis" sowie „Russian Mafia KILLERS: Verbotene Liebe" können im Anschluss wie eine Vorgeschichte gelesen werden. Für diejenigen, die alle vier Bücher aus der Serie RUSSIAN MAFIA KILLERS bereits gelesen haben, ist das hier aber der fünfte Teil aus der Serie! Der Sammelband „Russian Mafia WHITE PRINCESS: Spiel nie mit einem Killer!" enthält die ersten drei Folgebände der Serie RUSSIAN MAFIA KILLERS.]

Das Kindle eBook „Russian Mafia KILLERS: Feuer & Eis" kann ab sofort zum Einführungspreis von 99 Cent anstatt 4,99 € vorbestellt werden.

Der Klappentext wurde bereits am Freitag, den 13.9.2019 auf Amazon veröffentlicht, als das Kindle eBook in die Vorbestellung gegangen ist. Das Kindle eBook wird am 1.6.2020 im Kindle Shop von Amazon erscheinen.

Die Urheberrechte des Klappentextes liegen beim Autor allein – in diesem Fall bei Anna Sturm.

Wer wird das Herz der Mafia-Prinzessin Scarlett am Ende erobern?

1. und 2. Geschichte des Sammelbandes
[KILLERS: Maximilian – der Russe 1 + 2]

KLAPPENTEXT FÜR DIE VOLLSTÄNDIGE SERIE KILLERS:

Maximilian Medwedew ist die Rechte Hand des mächtigen Anführers *Konstantin Andrejew* vom Russischen Syndikat KILLERS, dessen Domizil sich in England befindet und dessen Gebiete sich von Großbritannien aus über ganz Russland und auch über die Vereinigten Staaten erstrecken, die vom Syndikat KILLERS kontrolliert werden. Als Profikiller ist er Mister Andrejews bester Mann. Dennoch käme eine Heirat zwischen ihm und dessen Tochter niemals in Frage. Maximilian ist bewusst, dass er mit seinem Leben spielt, als er eine heimliche Liaison mit dem jungen Mädchen eingeht.

Als sie der Vater jedoch mit dem Sohn des verfeindeten Clanführers *Stephan-Nikolai Sorokin* verheiraten will, um sein Gebiet zu vergrößern, sieht Maximilian in der Flucht den letzten Ausweg, Scarlett nicht zu verlieren.

Damit unterschreibt er jedoch sein Todesurteil. Denn niemand hat es je geschafft, seinen Boss Mister Andrejew zu hintergehen. Abgesehen davon ist ihm auch noch nie jemand entkommen, der versucht hat, sich vom Syndikat KILLERS wieder loszureißen…

[Anmerkung: Es handelt sich bei „KILLERS: Maximilian - Der Russe" um die Pilot-Serienfolge einer mehrteiligen Serie.]

Ergänzung des Klappentextes bei „KILLERS: Maximilian – Der Russe 2":

Wird *Jack Miller* seinen Freund *Maximilian Medwedew* mit der Axt hinrichten?

Wenn ja, was passiert mit Scarlett? Wird sie den Sohn des verfeindeten Clanführers *Stephan-Nikolai Sorokin* heiraten müssen? Oder wird sie ihrem Geliebten in den Tod folgen, genauso wie es Shakespeares Julia getan hat?

Und somit geht die Geschichte der KILLERS in die zweite Runde!

INHALT: Mafia Romance . Dark Romance . New Adult . Coming of Age . Lovestory über eine Mafia-Prinzessin . explizit und bildhaft beschriebene Szenen . Fließender Perspektivwechsel . Aus allen Sichten der Protagonisten erzählt!

3. GESCHICHTE DES SAMMELBANDES
[KILLERS: STEPHAN – FÜRST DER FINSTERNIS] Kein Vampirroman!

KLAPPENTEXT aus „Russian Mafia: mein!":

Er dachte immer, er könne sich niemals verlieben. Doch dann sah er die Tochter seines Feindes…

Stephan Sorokin ist der Sohn des mächtigen Clanführers der russischen Mafia SOROKIN. Als er sich unerlaubt auf eine Veranstaltung des Feindes begibt, um diesen zu provozieren, sieht er dort ein Mädchen, welches bei ihm ein Verlangen auslöst, das bisher noch keine einzige Frau bei ihm ausgelöst hatte. Ihm ist plötzlich klar, dass er sie besitzen muss. Doch ähnlich wie es auch bei Shakespeares Meisterwerk *Romeo & Julia* gewesen war, stellt sich heraus, dass die junge Frau, die ihm scheinbar mühelos den Kopf verdreht hat, keine Geringere als die Tochter des verfeindeten Clanführers ist.

Wird die Liebe, die in Stephan entbrannt ist, siegen? Oder Unglück über ihn bringen? Dummerweise stürzt er sich nämlich in ein irreales Wagnis, aus dem es kein Zurück mehr gibt. Er kann sich jedoch gegen sein waghalsiges Vorhaben nicht wehren, da das gefährliche Verlangen nach Scarlett stärker ist als die Vernunft, die ihn zurückhalten müsste. Denn so wie einst die verfeindeten Häuser Montague und Capulet aus Shakespeares Geschichte, sind auch die zwei russischen Clans SOROKIN und ANDREJEW Todfeinde…

Ursprünglicher Klappentext aus KILLERS 3:
Wird sich *Scarlett Anastasija Andrejew* dem Sohn des Clanführers *Stephan-Nikolai Sorokin* unterwerfen müssen, nachdem sie von ihrem Vater *Konstantin Andrejew* noch am selben Tag an den Feind ausgeliefert wurde, an welchem Jack den Befehl dazu erhalten hat, *Maximilian Medwedew* wegen Hochverrats am Clan hinzurichten?

Weshalb war *Stephan Sorokin* in Scarletts Moskauer Internat plötzlich aufgetaucht? Und weshalb hatte er Jack und Maximilian nicht schon damals durch seine Männer beseitigen lassen? Schließlich hatte er die Macht dazu, sich mit Gewalt zu holen, wonach es ihn dürstete…

Auf welche Seite wird sich *Jack Miller* tatsächlich stellen, nachdem er ja nun davon erfahren hat, dass sein Blutsbruder mit genau der Frau ein Verhältnis hat, in die er schon seit Jahren verliebt ist und die er für sich selbst beansprucht hatte? Wäre das eventuell ein Motiv gewesen, weshalb er Maximilian fast halbtot geprügelt hat, bevor er am Ende dessen Kopf Mister Andrejew auf einem goldenen Tablett hätte präsentieren sollen? Kann Eifersucht zwei Brüder wirklich bis an ihre Grenzen treiben?

Und somit geht die außergewöhnliche Liebesgeschichte aus der Serie KILLERS in die dritte Runde!

[HINWEIS: Teil 3 kann man auch als STANDALONE lesen, um mit der Serie KILLERS auf Tuchfühlung zu gehen! Teil 1 und 2 können im Anschluss wie eine Vorgeschichte gelesen werden. Für diejenigen, die Teil 1 und 2 bereits kennen, ist das hier aber der dritte Teil aus der Serie KILLERS!]

[Anmerkung: Es handelt sich bei „KILLERS: Stephan – Fürst der Finsternis (Vorgänger: KILLERS: Maximilian – Der Russe 1 und 2" um den dritten Teil einer mehrteiligen Serie.]

DER RUSSE
2

Maximilian

RUSSIAN MAFIA

KILLERS

London . New York . Moskau . Bogotá

ANNA STURM

DAS RUSSISCHE SYNDIKAT

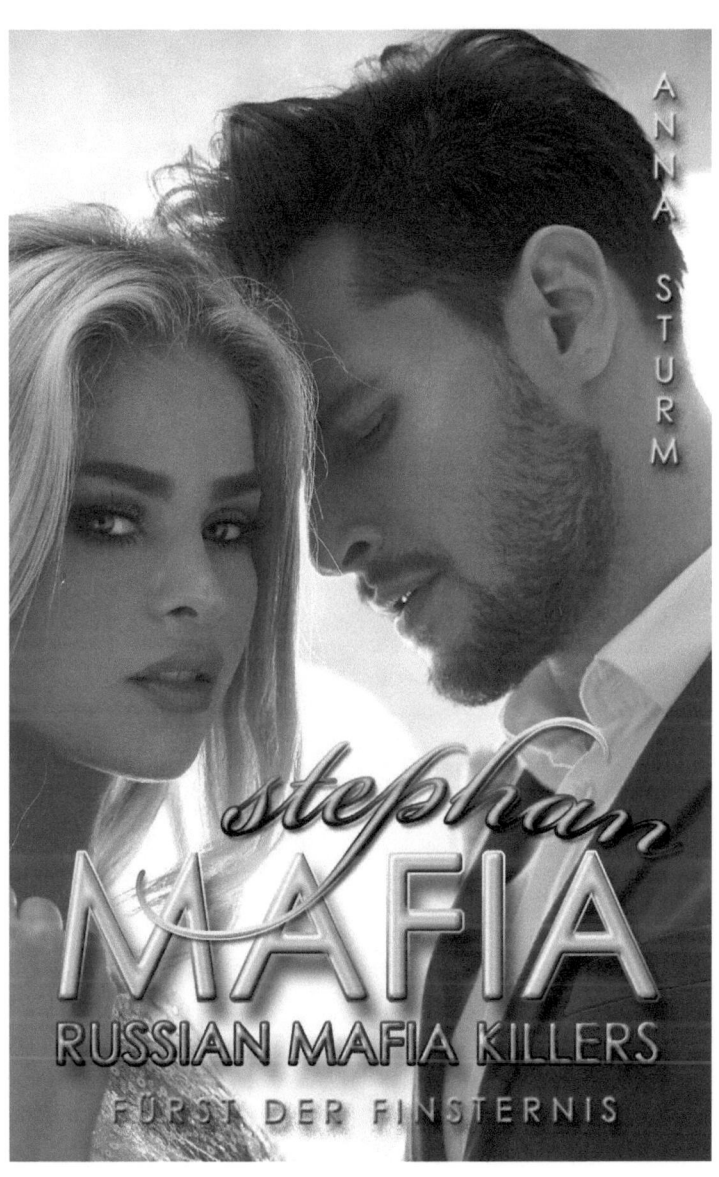

ANNA STURM

stephan

MAFIA

RUSSIAN MAFIA KILLERS

FÜRST DER FINSTERNIS

Cover-Foto Russian Mafia: mein! © EmotionPhoto/www.fotolia.de
In diesem Kindle eBook findet man die Vorgeschichte NORTH KING

DAS COVER von „DU GEHÖRST MIR!"
Erschienen: Oktober 2017

Der Fürst kämpft dort an der Seite von Kim Yamamoto und William of Lancaster gegen all das Unrecht auf unserem Planeten.

Ich bitte euch um eine Rezension bei Amazon, weil...

Meine lieben Fans, meine lieben Leser.

Über eine kurze Rezension bei Amazon würde ich mich sehr freuen, um zu erfahren, was euch in meinen Geschichten besonders gut gefallen hat und was ihr vielleicht anders gemacht hättet.

Liebe Grüße und bis bald...

Eure Anna Sturm

Der Fürst (Fürst Alexej Lwow)
BLACK SOUL: Der russische Fürst

Bereits von ANNA STURM veröffentlicht:

1. Sub #8: Ein Milliardär zum Verlieben!
(Teil 1 bis 3)

Auch hier gibt es Sammelbänder, die auf Amazon unter Author Central gelistet sind.

TRUE LOVE ist die Folgeserie von „Sub #8: Ein Milliardär zum Verlieben!"

2. True Love – Serie
True Love: Gefährliches Verlangen
(Teil 1 bis 8)

TRUE LOVE . Fessle mich! – SPECIAL AGENT Sam Gyllenhaal
[Teil 8 aus der TRUE LOVE Serie]

Sub #8 . True Love SPECIAL: Trust!
Teil 7 aus der TRUE LOVE Serie

Auch hier gibt es Sammelbänder, die auf Amazon unter Author Central gelistet sind.

EXTRAS:
Kindle eBook mit EXTRAS über die Romanfigur Rafael Blunt (Hauptrolle in TRUE LOVE) und dem vollständigen Prolog aus GEFÄHRLICHES VERLANGEN:
TRUE LOVE: Gefährliches Verlangen (Prolog & Extras Rafael Blunt)

Info: Rafael Blunt hat unter anderem in der Serie BLACK PANTHER, BLUE BLOOD – HEARTBEAT und RUSSIAN PRINCE eine Nebenrolle besetzt. Dies wurde in den EXTRAS festgehalten.

3. You are Mine! Serie (Des Milliardärs Eigentum)
You are Mine! Der Vertrag
(Teil 1 bis 5)

Novelle:
YOU ARE MINE: Missing you! (Oliver Collins: Bodyguard eines Milliardärs)

SAMMELBAND:
YOU ARE MINE! Bodyguard
(enthält die Novelle „YOU ARE MINE: Missing you!" und den 2. Teil aus der YOU ARE MINE! Serie)

4. BLACK PANTHER – SERIE:
in sich abgeschlossene Liebesgeschichten:
Das Internat
Das Kornfeld, Die Reitgerte, Die Peitsche
Seine kleine Schwester
(5 in sich abgeschlossene Liebesgeschichten sind in der BLACK PANTHER Serie bereits erschienen)

BLACK PANTHER . Liam: SONDEREDITION . Die Reitgerte

Sammelbänder aus der BLACK PANTHER Serie:

BLACK PANTHER: Männer mit Charisma!

(beinhaltet „Das Internat", „Das Kornfeld" und „Die Reitgerte")

BLACK PANTHER: Männer mit Charisma! 2
(beinhaltet: „BLUE BLOOD: Herzschlag – Marquess Alexander of Lancaster" und „BLACK
PANTHER: Seine kleine Schwester")

5. BLUE BLOOD – SERIE:
in sich abgeschlossene Liebesgeschichten:

Blue Blood: Männerherz – Marquess Stephen of Lancaster
[Männerherz . Stephen]
Blue Blood: Herzschlag – Marquess Alexander of Lancaster
[Herzschlag . Alexander]

Optional zu BLUE BLOOD/BLUE BLOOD Heartbeat:

BROTHERS: Alexander
[BLUE BLOOD . Herzschlag . Lancaster-Brüder SPECIAL]

BROTHERS: Stephen
[BLUE BLOOD . Männerherz . Lancaster-Brüder SPECIAL]

BROTHERS: Spiele der Royals!
SAMMELBAND [enthält die Geschichten aus den beiden eBooks „BROTHERS Stephen" und
„BROTHERS Alexander"]

BROTHERS: Alex – Obsession [Lancaster Brüder SPECIAL]
enthält die dezent überarbeitete Geschichte aus
BLUE BLOOD Heartbeat 2

Blue Blood – Heartbeat: Männerherz + Herzschlag SAMMELBAND 1 + 2

Blue Blood – Heartbeat 2: Russischer Milliardär & Diamant-Magnat!

6. BLACK SOUL – SERIE:
Mehrteilige Serie:
Black Soul: Der russische Fürst – Alexej TEIL 1, 2, 3, 4, 5
BLACK SOUL: Der russische Fürst – Alexej TEIL 6 [mit dem Untertitel: BLUE BLOOD Herzschlag –
Alexander DREIECKS LIEBE]

BLACK SOUL: Der russische Fürst – Alexej TEIL 7
SIEBEN

BLACK SOUL: Der russische Fürst – Alexej TEIL 8
ACHT

BLACK SOUL: Der russische Fürst – göttlich verliebt!
[Teil 9]

(BLACK SOUL Teil 1 bis 8 sowie Teil 9 sind bereits erschienen!)

SONDERAUSGABEN SPECIAL GAY:

BLACK SOUL: Dennis & Maxim SPECIAL GAY . EPISODE 1 bis 5

BLACK SOUL: Dennis & Maxim SPECIAL GAY . EPISODE 6 . STANDALONE

SAMMELBÄNDER aus der BLACK SOUL Serie:

BLACK SOUL: Der russische Fürst – Alexej (Sammelband 1 + 2)

BLACK SOUL: Der russische Fürst – Alexej DARK ROMANCE (Sammelband 3 + 4)

9. BLUE MOON Anthologien

BESTRAFE MICH! Die Schöne und der Milliardär
[„Black Panther: Das Kornfeld" von Anna Sturm und „Ja, Sir." von Charlotte O. Stern]

ROYALS Russia! Die Schöne, der Lord & der Fürst
[„BLUE BLOOD: Herzschlag" sowie „BLACK DIAMONDS: Zwei Milliardäre… verrückt nach Mary!
TEIL 1" von Anna Sturm und „SexToy" von Emma Weisz]

ROYAL: Louisa und ihr Prinz
[„BLUE BLOOD: Männerherz" von Anna Sturm und
„BüroFick" von Kate Sturm]

BESITZE MICH! Mein Milliardär
[„BLACK PANTHER: Seine kleine Schwester – Damian Waldorf GESAMTAUSGABE" von Anna
Sturm
und „SchulSchlampe" von Lisa O. Paris]

DU GEHÖRST MIR! Billionaire Lovestory
[„Zwei Milliardäre zum Verlieben!: Kim (BLACK DIAMONDS . Billionaire Lovestory) von Anna
Sturm
BONUS: 2. Teil aus der YOU ARE MINE! Serie
„You are Mine! 2: Die Eroberung (Des Milliardärs Eigentum)
von Anna Sturm]

NUR DU! Auf immer und ewig
[SPECIAL aus den BLUE MOON Anthologien]
INHALT: zwei Mini-Kurzgeschichten, die Anna Sturm während einer KDP-Schreibvorgabe am
3.10.2017 und am 4.11.2017 auf Facebook geschrieben und veröffentlicht hat.

NUR WIR! Für immer
[SPECIAL aus den BLUE MOON Anthologien]
INHALT: vier Mini-Kurzgeschichten, die Anna Sturm während einer KDP-Schreibvorgabe am
28.11.2017, am 9.1.2018, am 26.1.2018 und am 20.3.2018 auf Facebook geschrieben und
veröffentlicht hat.

Russian Mafia: mein!
INHALT: „Russian Mafia: KILLERS Stephan – Fürst der Finsternis" sowie die beiden KDP-
Schreibvorgaben zu „NORTH KING" und „KING OF MINK Begierde"

10. Russian Mafia KILLERS:
Russian Mafia: KILLERS Maximilian - Der Russe
[DAS RUSSISCHE SYNDIKAT . DARK ROMANCE MAFIA]
Der Pilot zur Serie KILLERS
Teil 1

Russian Mafia: KILLERS Maximilian, der Russe 2
[DAS RUSSISCHE SYNDIKAT . DARK ROMANCE MAFIA]
Teil 2

Russian Mafia: KILLERS Stephan – Fürst der Finsternis
[RUSSIAN SYNDICATE Mafia Romance]
Teil 3 bzw. optional STANDALONE
Es handelt sich hierbei um den 3. Teil aus der Serie KILLERS. Dieser Folgeband kann aber auch
optional als STANDALONE gelesen werden, um mit der Serie auf Tuchfühlung zu gehen. In
diesem Fall können Teil 1 und Teil 2 wie Vorgeschichten zu diesem Folgeband hier behandelt
werden.
Für alle, die aber bereits Teil 1 und Teil 2 aus der Serie gelesen haben, ist „Stephan – Fürst der
Finsternis" der 3. Teil aus der Serie KILLERS.

Russian Mafia KILLERS: Verbotene Liebe
[Genre: Dark Mafia Romance - 4. Teil aus der Serie RUSSIAN MAFIA KILLERS bzw. OPTIONAL als
STANDALONE ohne Vorkenntnisse lesbar]

Russian Mafia KILLERS: Maximilian – Prinz der Bratwa! (KISS OF THE DARK PRINCE)
OHNE VORKENNTNISSE LESBAR!
Russian Mafia KILLERS: Maximilian – Prinz der Bratwa! (GAME OF THE DARK PRINCE)

Russian Mafia KILLERS: entführt
Russian Mafia KILLERS: entführt (Dark Romance 2)

SAMMELBAND KILLERS der Folgen 1 bis 3:
Russian Mafia: WHITE PRINCESS Spiel nie mit einem Killer! (Mafia Romance)
[Der Sammelband enthält die Folgen aus der Serie KILLERS 1 bis 3]

Russian Mafia WHITE PRINCESS: Spiel nie mit einem Killer! (Prolog & Extras NORTH KING):
In diesem Kindle eBook findet man den Prolog sowie das erste Kapitel aus dem Sammelband
RUSSIAN MAFIA WHITE PRINCESS sowie die Vorgeschichte NORTH KING, die erstmals in „Russian
Mafia: mein!" veröffentlicht wurde.

ACHTUNG:
IN DER VORBESTELLUNG seit Anfang September 2019:
* Russian Mafia KILLERS: Maximilian – Prinz der Bratwa! (KISS OF THE DARK PRINCE)
* Russian Mafia KILLERS: entführt
* Russian Mafia KILLERS: Feuer & Eis
ALLE DREI GESCHICHTEN SIND OHNE VORKENNTNISSE LESBAR!
INFO: Die Klappentexte wurden zeitgleich in den Buchblock des Kindle eBooks NUR WIR! FÜR
IMMER hinsichtlich der Urheberrechte eingebunden. Die Urheberrechte hinsichtlich der
Klappentexte liegen allein beim Autor ANNA STURM!

*INFORMATIONEN ZUM 5. TEIL [DAS KINDLE EBOOK IST BEREITS IN DER VORBESTELLUNG SEIT
ANFANG SEPTEMBER 2019]*
Der fünfte Teil aus der RUSSIAN MAFIA KILLERS Serie wird unter dem Serientitel
„RUSSIAN MAFIA KILLERS: FEUER & EIS" erscheinen.
Die Geschichte wird OHNE VORKENNTNISSE LESBAR sein!
Der Titel des 5. Teils aus der Serie KILLERS lautet „RUSSIAN MAFIA KILLERS Feuer & Eis" wird kurz
vor Veröffentlichung auf Facebook, Instagram und Twitter bekanntgegeben.

***

SAMMELBÄNDE mit in sich abgeschlossenen Liebesgeschichten im Genre DARK ROMANCE

1.   BAD BOY: Falling in love with a Bad Boy
2.   BAD GIRL ~ Schulmädchen

***

Debüt

Meinen Debütroman „ROYALS: Begehre niemals eine Hure!" habe ich unter „Kate R. Snow" wieder veröffentlicht.

(Entstehung: 2004 -2008)

BRANDNEU im September 2019 ERSCHIENEN von Kate R. Snow:

ROYALS: Gefährliche Liebe (Spanish Mafia ~ Dark Romance)

ROYALS: entführt (Dark Mafia Romance)

***

Annasturm158

Aktualisiert: 1. Oktober 2019 [17:48]; 17:49
2. Oktober 2019 [19:48]

Impressum

Russian Mafia KILLERS

entführt

[HINWEIS: In „Russian Mafia KILLERS: entführt" spielen einige Romanfiguren aus „Russian Mafia KILLERS: Verbotene Liebe" mit.]

[Schauplatz des Geschehens: London, Moskau, New York, Bogotá, Tokio; Die Insel des Fürsten und Sizilien]
Länder: England, Russland, USA, Kolumbien, Japan, Italien
alle Rechte liegen beim Autor
© März 2020 by Anna Sturm

Cover-Foto Russian Mafia KILLERS entführt © 1418336 Ontario Ltd - Kanada/www.fotolia.com

Cover-Foto KING OF MINK Begierde © soup studio/www.fotolia.de

Cover-Foto RUSSIAN MAFIA KILLERS: Verbotene Liebe © majdansky/www.fotolia.de

Cover-Foto KING OF MINK © majdansky/www.fotolia.de
(Coverbld der KING OF MINK Serie/Specials)

Cover-Foto KING OF MINK © Natalya Glinskaya/www.fotolia.de
(Coverbild der KING OF MINK Serie/Folgebände und Sammelband)

Cover-Foto BLACK SOUL: Der russische Fürst – göttlich verliebt! © konradbak/www.fotolia.de

Cover-Foto KILLERS: Maximilian, der Russe/KILLERS: Stephan – Fürst der Finsternis © majdansky/www.fotolia.de

Cover-Foto KING OF MINK: Verrückt nach Mary! © majdansky/www.fotolia.de

Cover-Foto NUR DU! © majdansky/www.fotolia.de

Cover-Foto/Fürst
BLACK SOUL: Der russische Fürst – Alexej TEIL 7/8
© Viorel Sima/www.fotolia.de

Cover-Foto DU GEHÖRST MIR! © majdansky/www.fotolia.de

Cover-Foto BLACK DIAMONDS: Spiel nie mit einem Milliardär! Oliver . Episode 5 © DenisKomarov/www.fotolia.de

Cover-Foto BLACK DIAMONDS: Spiel nie mit einem Milliardär! Natasha EPISODE 4
© **George Mayer** /www.fotolia.de

„Russian Mafia KILLERS: Maximilian – Prinz der Bratwa! (GAME OF THE DARK PRINCE)" hinzugefügt! (Umschlagfoto/Cover: © **58450775a.kiselev/www.fotolia.de**

Ergänzt am 6.9.2019 [17:08]: den Klappentext sowie das Cover von „Russian Mafia KILLERS: Maximilian – Prinz der Bratwa! (KISS OF THE DARK PRINCE)" hinzugefügt! (Umschlagfoto/Cover: © **24887056a.kiselev/www.fotolia.de**

***

Cover „Russian Mafia WHITE PRINCESS: Spiel nie mit einem Killer! (Prolog & Extras NORTH KING" (Umschlagfoto/Cover: © **Subbotina Anna/www.fotolia.de**

***

**Russian Mafia KILLERS
Maximilian - Der Russe**

**[Schauplatz des Geschehens: London, Moskau, New York]
Länder: England, Russland, USA
alle Rechte liegen beim Autor
© Januar 2018 by Anna Sturm**

Cover-Foto KILLERS: Maximilian - Der Russe © majdansky/www.fotolia.de

***

Ergänzt am 6.9.2019 [17:08]: den Klappentext sowie das Cover von „Russian Mafia KILLERS: Maximilian – Der Kuss des Dunklen Prinzen" hinzugefügt! (Umschlagfoto/Cover: © 24887056a.kiselev/www.fotolia.de

Cover-Foto Russian Mafia KILLERS: entführt © 1418336 Ontario Ltd - Kanada/www.fotolia.com

Titelbild/Coverfoto der TRUE LOVE Serie – TRUE LOVE: Gefährliches Verlangen; Prolog – EXTRAS Rafael Blunt © Georg Mayer /www.fotolia.de

Cover-Foto KING OF MINK Begierde © soup studio/www.fotolia.de

Cover-Foto RUSSIAN MAFIA KILLERS: Verbotene Liebe © majdansky/www.fotolia.de

**Cover-Foto KING OF MINK © majdansky/www.fotolia.de
(Coverbld der KING OF MINK Serie/Specials)**

**Cover-Foto KING OF MINK © Natalya Glinskaya/www.fotolia.de
(Coverbild der KING OF MINK Serie/Folgebände und Sammelband)**

Cover-Foto BLACK SOUL: Der russische Fürst – göttlich verliebt! © konradbak/www.fotolia.de

Cover-Foto KILLERS: Maximilian - Der Russe/KILLERS: Stephan – Fürst der Finsternis © majdansky/www.fotolia.de

Cover-Foto KING OF MINK: Verrückt nach Mary! © majdansky/www.fotolia.de

Cover-Foto NUR DU! © majdansky/www.fotolia.de

Cover-Foto/Fürst
BLACK SOUL: Der russische Fürst – Alexej TEIL 7/8
© Viorel Sima/www.fotolia.de

Cover-Foto DU GEHÖRST MIR! © majdansky/www.fotolia.de

Cover-Foto BLACK DIAMONDS: Spiel nie mit einem Milliardär! Oliver . Episode 5 © DenisKomarov/www.fotolia.de

Cover-Foto BLACK DIAMONDS: Spiel nie mit einem Milliardär! Natasha EPISODE 4
© **George Mayer** /www.fotolia.de

Black Soul: Der Fürst – Alexej
Cover-Foto © matusciac /www.fotolia.de

Black Panther: Seine kleine Schwester – Damian Waldorf
Cover-Foto © **Andrey Kiselev** /www.fotolia.de

Cover „Russian Mafia WHITE PRINCESS: Spiel nie mit einem Killer!" ausgetauscht: 21. Juli 2019 [17:39]: 17:44
(Umschlagfoto/Cover: © **Subbotina Anna/www.fotolia.de**

Ergänzt am 14.9.2019 [02:08]: den Klappentext sowie das Cover von „Russian Mafia KILLERS: Feuer & Eis" hinzugefügt! (umschlagfoto/Cover: © **majdansky** /www.fotolia.de

Ergänzt am 14.9.2019 [03:03]: den Klappentext sowie das Cover von „ROYALS: Gefährliche Liebe (Spanish Mafia ~ Dark Romance)" hinzugefügt! (Umschlagfoto/Cover: © **Georg Mayer** / www.fotolia.de

Ergänzt am 18.9.2019 [00:58]: den Klappentext sowie das Cover von „Russian Mafia KILLERS: entführt (Mafia Dark Romance)" hinzugefügt! (Umschlagfoto/Cover: © 1418336 Ontario Ltd - Kanada /www.fotolia.de

---

ooo[1.10.2019 – 00:08]ooo
BEGINN Zusammenstellung/Kindle eBook: 1. Oktober 2019 – 00:08
Annasturm158
PrologExtrasWhitePrincess KILLERS 1okt2019 [1.10.2019 – 17:17]

Aktuelle Änderungen: 1:10.2019 [17:18]; 17:53; 18:44; 22:30

INFORMATIONEN ZUR AUTORIN ANNA STURM (PSEUDONYM) HINSICHTLICH IHRER PERSÖNLICHEN DATEN:

Anna Sturm ist Autorin (gemeldet bei der Künstlersozialkasse als solche). Der Vertrieb der Kindle eBooks und Taschenbücher läuft ausschließlich über den „Online-Händler Amazon" bzw. über BoD.
Die Autorin Anna Sturm (Pseudonym) tritt NICHT als Verkäuferin auf; der Verkauf läuft AUSSCHLIESSLICH über den ONLINE-HÄNDLER AMAZON bzw. BoD.

Die persönlichen Daten der Autorin Anna Sturm sind beim Online-Händler Amazon bzw. BoD hinterlegt!

Adresse des Online-Händlers AMAZON:
Amazon EU S.à.r.l. (Société à responsabilité limitée)
38 avenue John F. Kennedy
L-1855 Luxemburg

Adresse des Online-Händlers BoD:
(dort wurden bisher keine Bücher unter dem Pseudonym Anna Sturm veröffentlicht. Nur unter anderen Pseudonymen wie zum Beispiel Sienna C. Stein)
Books on Demand GmbH
In de Tarpen 42
22848 Norderstedt
Deutschland

(Taschenbuch: 4.4.2020 [01:58]; 19:28; 19:38; 19:48)

SOZIALE MEDIEN:

Die Autorin Anna Sturm ist in den folgenden Sozialen Medien unterwegs (annasturmsub8):

1. Facebook
2. Instagram
3. Twitter

HINWEIS:

In der Facebook-Gruppe „Anna Sturm #8 and the Diamonds"
ist jeder HERZLICH WILLKOMMEN.

Auf Twitter, Instagram und Facebook gibt die Autorin ihre
Neuerscheinungen und Gratis-Aktionen (Format: Kindle
eBooks) recht zeitnah bekannt.